2001 年 7 月 1 日～6 日
公募文化書道展（東京都美術館にて）
WCC（ワールド・コミュニケーション・クラブ）に寄贈
70cm（W）×270cm（H）

篆刻　2001 年 7 月 13 日～ 17 日
毎日展入選作品（東京都美術館にて）
7.5cm（W）×7.5cm（H）
※第四・七章扉頁の篆刻も実際は同じ朱色です

刻字　2000 年 10 月 11 日～ 15 日
玉筍会書展（好文画廊にて）心大楽に寄贈
30cm（W）×82cm（H）

心を込めて着物に文字を……
書道家としての新たな挑戦
「葉石ワールド」

昇る朝日の
明日が好きやねん

なつかし、
母の姿

あなたを信じて
微笑めば

山のあなたの
空遠く幸い住むと
ひとの言う
あゝわれ人と
とめゆきて
涙さしぐみ
帰りきぬ
山のあなたに
なお遠く
幸い住むと
人のいう

ハイッ
よろこんで
やる気
まんまん

百人一首より
日本の伝統美カレンダーの表紙に採用
（有）グレース・ケリーに寄贈
36cm（W）×25cm（H）

日本の伝統美カレンダーの１月・２月に採用
大庄研修センターの教室に掲示
130cm（W）×35cm（H）

明日が好きやねん

ターくん お兄ちゃん
天国から愛と勇気をありがとう

葉石
Yohseki
文化書道学会四ツ葉書道会代表
心大楽「明日が好きやねん校」楽長
全国経営者団体連合会公認講師
全日展書法会審査員　銀座駅前大学講師
モデル　リポーター　他多数

文芸社

この世はすべて「塞翁が馬」＝「七転び八起き」
苦しいことも明日の飛躍の為の試練と思へば笑顔で
乗り越えられる
今どん底にいるすべての人に心からの励ましの
言葉とエールを贈りたい
明けない夜はないと信じて生きて行こう
わたしは　明日が　明日が好き

明日が好きやねん

目次

第一章　翼をもぎ取る家

桜の花びらが舞っている。あの時と同じ風だ。

武庫川の水面《みなも》を見下ろす土手に佇《たたず》み、わたしは約二十年前の春の日を思い出していた。こんなちょっと埃《ほこり》っぽい南風が吹く日に、川の向こう岸に住む仁志《ひとし》たちとキャッチボールを楽しんだ事があった。従兄弟《いとこ》たちが六人全員集まって、仔犬《こいぬ》のようにじゃれ合い無邪気に遊んだっけ。

(仁《じん》ちゃん、覚えとるかなあ)

幼い頃の光景が目の前に浮かび、わたしはそっと微笑《ほほえ》んだ。堤に腰を下ろし、配達を終えた仁志が戻って来るのを待ちながら、萌《も》え初《そ》めた若草に知らず知らず手を滑《すべ》らせる。

いつの頃からか、四つ葉のクローバーを探すのが癖になっていた。幸せは乾いた砂のようで、摑《つか》んだと思っても指の間からこぼれ落ちてしまう。四つ葉のクローバーが、それをつなぎ止めておくためのお守りになってくれるような気がしたのだ。

その時、みぞおちにズンと衝撃が走った。

わたしは硬く張った腹部をなだめるように軽く叩《たた》き、「よしよし、蹴《け》りよんな。もう出て来てええんやで」とお腹の我が子に語りかけた。すでに臨月、可愛い赤ん坊の顔が見られるのも、すぐだろう。初めて母となる喜びに満たされ、わたしはこの時、今度こそ確かな幸せを手に入れたと感じていた。たとえ四つ葉のクローバーは見つからなくても。

麗《うら》らかな四月の光の中、川は夢見心地のわたしの前を歌うように流れて行く。

わたしの名は倖田《こうだ》ミキ。今から四十年前、武庫川のほとりで生まれた。

父は仕事運に恵まれず、勤めた会社は次々に倒産の憂き目を見る。四歳年上の兄は病弱で医者通いの日々。当然の事ながら生活は苦しく、母が家政婦の仕事をして家計を助けていた。暮らしはギリギリだったが、子供には字が上手になって欲しいとの願いから、母は兄が小学校に上がった時に習字教室に連れて行った。三歳の子に一人で留守番をさせる訳にもいかないので、わたしもお供である。ところが行ってみると兄よりわたしの方が夢中になった。母の膝《ひざ》でじっとしていられず、半分遊びのつもりでやらせてくれとせがんだらしい。わたしはその後も喜んでお稽古《けいこ》を続け、めきめき腕を上げて行った。小学校高学年になる頃には親の代筆をしていたほどである。そしていつしか、書道はわたしの人生にとってかけがえのない存在となっていた。まだ字も読めない子に筆を持たせてくれ、月謝なしで指導してくださった当時の先生には感謝してもしきれない。

父の仕事は相変わらずだった。職を転々とするため収入が安定せず、母との間には口喧嘩《くちげんか》が絶えなかった。普段は無口な父だったが、鬱々《うつうつ》とした現実に耐えられなくなると酒に溺《おぼ》れ、子供に手を上げた。特に兄が中学校に入学してからは、ストレスの捌《は》け口はもっぱらわたし一人になった。兄は部活で家にいない時間が多かったし、そろそろ体力ではかなわないだろうと判断したのかもしれない。殴る蹴《け》るの仕打ちを受ける娘を見ても、母は「もういい加減にやめてや」と言うばかりで、決して自分が盾となって守ろうとはしてくれなかった。

そのくせいつも「ミキちゃん、あんたのためやで」と前置きし、母はわたしの生活のすべてをコントロールしようとした。あれをしろこれをしろ、ゲームはするな、マンガは読むな、見てもいいテレビ番組はこれとこれ……遊び友達も自分で決める事はできない。中学生になったわたしを、母は何としても国立大学の付属高校に入れたかったのだ（後日、小学校が児童殺傷事件の現場となってしまったが）。母は教育ママを必死で演じ、娘の成績向上に望みを託す事で、家事と仕事でがんじがらめの毎日に光明を見出《みいだ》そうとしていたのかもしれない。

わたしには好きな人がいた。一つ年上の、ピアノの上手な彼に寄せる思慕……。紛れもない初恋だった。当時の担任が付属高校合格に太鼓判を押してくれたにもかかわらず、入学試験の真っ最中にもその人の面影が頭を離れない。結局わたしは試験を放棄し、彼を追って県立高校に進学する事に決めたのである。

それでも、気持ちを打ち明ける事は最後までできなかった。彼は母が家政婦をしていた家の、御曹司《おんぞうし》だったからだ。「何や、きみのお母さん、ぼくの家で掃除してた人か」と言われる場面を想像しただけで顔が赤らむ。しょせん違う世界の人や……。自分に言い聞かせた。この時ほど貧しさを恨んだ事はない。

高校一年の時、それまで住んでいた借家を出て建て売りの一戸建てに移ってからは、教育費に加え住宅ローンまでが母の両肩に重くのしかかってしまい、その反動なのか彼女はますます「家」という有形無形の存在に執着するようになった。容《い》れ物さえあれば、それぞれ自分の事しか考えていないような家族でも一つにする事ができると考えていたのだろうか。

この新しい家に住んでからというもの、楽しかった思い出は何もない。青春時代、わたしは一刻も早くここから巣立ちたくて仕方がなかった。父の暴力、息も詰まりそうな母の干渉。優しく穏やかな兄だけが心の支えだった。母の「あんたのため」という言葉の中にある欺瞞《ぎまん》をすでに感じ取り、わたしは自分が愛されていない事を確信していた。家を出よう。いつの頃からか、その思いが胸に芽生えた。卒業したら自由になれる。どこか遠くの大学へ行くのだ。

「上智大学に入って好きな英語を勉強したい」

卒業後の進路を決める段階になって母にそう打ち明けた。

「東京暮らしは絶対にあかん」

母は鉈《なた》を振り下ろすように言った。

「大学くらい、こっから通えるとこが関西になんぼでもあるやんか。家のローンだけで精一杯やのに、東京行きなんて……。それに女の一人暮らしなんか危のうて、ようさせんわ。あかん、絶対に許さへん」そして最後にこう付け加えるのだった。「ミキちゃん、あんたのためを思って言ってんのやで」

賛成してくれるものとばかり思っていたのに。教育熱心が聞いて呆《あき》れる。これまで母の言う通り一生懸命勉強してきたのは何のためだったのか。わたしは愕然《がくぜん》とした。しょせん母は、何としても娘を家に縛《しば》りつけておきたかったのだ。彼女が必死の思いで守り抜いてきたと信じている、この家に。

ある時、筆を手に「家」という字を書いていて、背筋がぞくりとした。「宀」は屋根の意。その下に「豕」つまり「豚」、家畜である。家族って、家畜なんや……。妙な生々しさを感じる。全身に悪寒が走った。

妹の将来を案じる兄は妥協して関西の大学へ入るよう勧めたが、東京の大学以外に行くつもりのなかったわたしは進学を断念し、就職する決意をした。決めたからには成り行き任せにしたくない。大きな流れには巻き込まれるしかないが、小さな波は自分で作るのだ。

もともと負けず嫌いの性格である。卒業までに社会で通用するだけの能力を身に付けようと、わたしはアルバイトで費用を貯めて通信教育を受講し、様々な資格試験に片っ端からチャレンジしていった。英検一級、秘書検定一級、簿記、速記、珠算、校正、英文タイプ……睡眠時間三時間、受験生に優るとも劣らぬ猛勉強ぶりであった。資格は社会で生き抜いていくための武器。いつかこれを翼にして飛び立てるかもしれない。

母の希望通り安定した大手企業に入社したわたしの生活圏は、武庫川の土手から僅《わず》か数キロのまま。家族の鬱屈《うっくつ》した感情が澱《おり》のように溜まっている家の雰囲気も相変わらずだ。それでも、わたしの胸には一筋の光が差すようになっていた。京都に住む年上の大学生、慎吾と交際を始めたからである。春の陽気に誘われ一人気儘《きまま》に出かけた大原で、三千院への道を案内してくれたのが慎吾だったのだ。初恋の人に似た彼は、わたしが憧《あこが》れながらも身を置く事のできなかったキャンパスの風を運んで来てくれる。一緒にいると心が解放されるのを感じた。

やがて慎吾の就職が決まり卒業が近づく。はっきりと口に出した事はなかったが、二人は結婚を意識していた。いつかはお互いの両親に相手を紹介しようと慎吾に言われたわたしは、母にそれとなく話をしてみた。

「あんたの結婚相手は公務員やないとあかん。お父ちゃんのせいでうちがどれだけ苦労したか、あんた見て来たやろ。絶対潰《つぶ》れる心配のない勤めの人としか結婚はさせへんで」

慎吾との交際そのものは見て見ぬ振りをしていた母だったが、こと結婚となると頑として譲らない。わたしは食い下がった。

「たとえ勤めが潰れたかて、好きな人と苦労するなら本望や。絶対幸せになってみせる。お願い、彼と一緒にならせて」

「あかん。あんたはまだ子供やさかい、分かってへんのや。結婚生活ゆうのはな、惚《ほ》れた腫《は》れただけじゃ絶対にやっていけへんのやで。悪い事は言わん、親の言う事を聞いとくもんや。なあミキちゃん、あんたのためなんやから」

目の前に壁が立ち塞《ふさ》がったように感じた。

この家にいる限り、わたしは翔《と》べない。翼をもがれたまま息もできないのだ。

駆け落ちをするほどの勇気はない。かと言って将来のない逢瀬《おうせ》はお互いの傷を深くするだけだ。自分から別れを言い出した。慎吾は県外の赴任先に旅立って行った。もう二度と会えないかもしれないという寂しさ、他に方法はなかったのかという悔い、夢をことごとく潰された事への憤り。すべてが綯《な》い交《ま》ぜになり、わたしは茫然《ぼうぜん》自失の状態だった。もう嫌だ、こんな家。誰かわたしを連れて逃げて……。

恋を失った心にはぽっかり穴が開いてしまっている。その空虚な状態に耐え切れず、わたしは密《ひそ》かに結婚相談会社の門を叩《たた》いた。とにかく家を出たい。両親の下《もと》から離れたい。公務員と一緒になるのなら文句は言われないだろう。相手は誰でも良かった。最初にそこでコンピューターによりマッチングされた市立中学校の教師と、数回デートしただけで結婚を決めた。

「ほんま、良かったなあ。これから忙しくなるでえ」どんな手段であれ自分が思い描いていた職業の相手を娘が見つけて来たので、母は満足そうであった。

式場の手配、衣装選び、招待状の発送……母は嬉々《きき》として結婚準備に取りかかった。その空気に呑《の》まれ、わたしも花嫁となるハイな気分を人並みに味わっていたのかもしれない。だから知る由もなかったのだ——結婚式の一週間前に慎吾から電話があり、母が応対していた事など。慎吾はいったん決めた就職を諦《あきら》め、公務員試験を受ける決心をしていた。わたしのために。

「ほんの少しでいいから、ミキさんと話したい」と告げた慎吾に、「娘は来週結婚しますので」と母はにべもなく断ったという。わたしがそれを聞かされたのは、教師と結婚して二年目の事であった。あの時、もしわたし自身が電話に出ていたなら、運命は思いもよらないラストシーンを見せてくれていたかもしれない。そう、映画『卒業』のように。

ともあれ、昭和五十九年十二月、念願叶《かな》ってわたしは家を出る事になる。会社勤めを続けながら、しばらくは平穏な新婚生活だった。その歯車が少しずつ狂い始めたのは、義父母との同居話が出るようになった頃である。

ある新興宗教の熱心な信者だった義父母は、毎日早朝から行なわれる修行のための集まりに出席していた。最初に誘われた時、断るのも大人気ないと思ってついて行ったのが事の始まりだった。誘いは次第に頻繁になり、そのうち夫の実家に行くとこちらまで信者扱いされるようになった。わたしの愚痴や度重なる訴えに夫はまるで耳を貸さず、「何とかうまくやってくれ」の一点張りである。こうなって来ると、もともとお互いをよく知り合って結婚した訳でも恋の激情に駆られた訳でもない、仮面夫婦の間に亀裂《きれつ》が入るのにさほど時間はかからなかった。義父の定年を機に同居できる家を建てると夫に言われた時、心の中で張り詰めていた糸がプッツンと切れる音がした。自分が自分でなくなる場所にはいられない。たとえ一分たりとも。

気がつくとわたしは家を飛び出していた。

嫁ぎ先から逃げ帰って来た娘を見て母は憮然《ぶぜん》としたものの、兄が結婚して家を出ていた事もあり寂しかったのだろう、比較的すんなりとわたしの離婚話を受け容《い》れた。公務員と結婚させる事にあれほどこだわったのも安定だけが理由ではなく、わたしをずっと関西に置く事の魅力が大きかったようだ。今までいつも「あんたのためやで」と言ってきた母だが、結局は自分自身のため娘を手元に置いておきたかったのである。わたしは母の所有物だった。

またこの家に舞い戻ってしまった。再び翼をもがれて。

わたしはもう自暴自棄《じぼうじき》になっていた。

昭和六十三年五月のそんなある日、父方の叔父が他界し、わたしと両親は揃《そろ》って弔問に駆けつけた。そこでわたしの目に飛び込んで来たのは、居並ぶ人々の中でも一段と背の高いがっちりした男性の姿であった。誠実そうな面立《おもだ》ちにほのかな好感を抱くと同時に、どこか懐かしい感じを覚えた。

「あの人、誰?」と訊《たず》ねるわたしに母は、「何言うてんねん、仁《じん》ちゃんやないの」と呆《あき》れ顔で答える。

幼い頃よく一緒に遊んだ従兄《いとこ》の仁ちゃんこと徳野仁志だった。と言ってもそれは幼稚園に入るくらいまでの話。その後は母が父方の親戚《しんせき》との付き合いを避けたため、従兄弟たちが顔を合わせる事も自然となくなっていたのである。かれこれ二十年ぶりになるのだから、分からなくても無理はない。

「あれが、あの仁ちゃんかあ……」

感慨にふけるわたしに、親戚から何やら耳打ちされた仁志が気さくに話しかけて来た。

「倖田のミキちゃんか? いやあ、懐かしいなあ」と言い、焼香の順番を記した紙を差し出す。

「悪いけど、これを筆で清書して欲しいねん。ミキちゃんは小さい頃から字がうまかったよって」

「それくらい、お安いご用よ」

言われた通り清書をしながら、わたしたちは久し振りの再会を喜び合った。親戚の中で一番年格好の近いこの従兄がわたしは大好きだった。こうやって改めて話をしてみると、他人に対する優しい態度は昔のままのような気がする。加えて今の仁志には社会人としての落ち着きも備わっていて、それが離婚以来傷ついていたわたしの心を、ホッと和ませるのだった。

通夜の席には、ほとんどすべての親類縁者が集まっていた。故人の思い出話が一段落した後、母は叔母つまり仁志の母親に愚痴交じりにわたしの離婚の事を口にした。

「もう公務員でなくても構へん、どっか近くにええ旦那《だんな》さんを見つけて落ち着いて欲しいねんけど……。誰かおらんやろか」

「うちも他はみんな片づいてしもて、あとは仁志だけや。気立てのええ嫁さんが来て欲しいわあ」と叔母が答える。

その会話を聞いていた大阪の伯父が、「それなら二人が一緒になったらどうや。気心の知れとる相手が一番やで。わしが仲人やったる」と言い出した。

その場にいた親戚たちの誰もが「それがええ、それがええ」と煽《あお》り立てる。まさに〝瓢箪《ひょうたん》から駒〟というところだが、先ほどから仁志を好ましく感じ始めていたわたしは、面食らいながらも比較的冷静にこの話を受け止めた。彼の方はどうなんだろう。斜め後ろに座っている仁志をちらりと振り返った。

目と目が合う。従兄を異性と意識した瞬間だった。

母はこの話に乗り気だった。幼い頃からよく知っている相手ではあるし、何と言ってもすぐ近くに娘を嫁がせるというアイデアが殊《こと》のほか気に入ったらしい。それでも離婚のショックがまだ尾を引いているわたしには迷いと一抹《いちまつ》の不安がある。

兄に相談してみよう、と思った。

わたしたち兄妹は、両親が共働きだったので小さい頃からいつも一緒だった。負けん気が強く丈夫な子だったわたしとは対照的に身体も気も弱い兄だったが、二人は本当に仲が良かった。兄が家庭を持ってからというもの、それまでのように何でも気軽に話し合える時間は少なくなっていたが、当時もわたしは兄に全幅の信頼を置いていた。

電話口で兄は助言してくれた。「結婚相手にはよく知ってる人がええよ。一緒になってから『こんなはずやなかった』ってのは、悲しいからな」

いつもおとなしい兄ではあるが、それにしてもこの日の声はどことなく暗かった。その口調に(お兄ちゃん、何か心配事があるんやないか)と感じはしたものの、その時は自分の事で頭が一杯だったため、それ以上問い質《ただ》すような真似《まね》はしなかった。兄の心に広がりつつあった黒い雲にわたしが気づくのは、ずっと後の事になる。

初七日が過ぎた頃、仁志から電話がかかって来た。とりとめのない会話をしながらも、お互いを結婚相手として意識し始めたのが何となく分かる。それからは二十年のブランクを埋めるべく、毎日のように会って話した。

そこで浮かび上がって来たのは、家族のために自分を犠牲にして頑張っている彼の姿だった。今勤めている運送会社に入ったのも、交通事故を起こした兄の入院費用を立て替えてくれた社長に恩義を感じての事だという。言わば借金を肩代わりするため働いているようなものだ。わたしも株式投資の成功で手に入れたお金を、そっくり兄の結婚費用に用立てた事がある。それからは身内や知人から「しっかり者のミキちゃん」と呼ばれ、金銭に関する相談を受ける事も多くなっていた。似た者同士なんやなあ、と共感を覚えた。この人なら「家」の重圧に苦しめられて来たわたしの気持ちを理解してくれるかもしれない。

結婚すれば仁志の重荷はそのまま自分自身の肩にのしかかってくるという事に、その時のわたしは考えが及ばなかったのである。

そしてある日、「ミキちゃんさえ良ければ、俺は一日も早く嫁に来て欲しい」と言う仁志の言葉を聞いてわたしは再婚を決意した。前夫との破局から一年一カ月が過ぎた冬の事であった。

平成元年二月、わたしは徳野家に嫁いだ。

徳野家は近所でも評判の大家族だった。姑となった叔母とわたしたち夫婦の他に義妹夫婦とその娘が同居しており、近くに住む義姉一家と義兄一家も毎日のようにやって来る。たいてい寄り集まっての食事となった。

大人九人と子供五人、合計十四人分の買い出しは凄まじい。おまけに男たちは皆体力を使う仕事に就いているので、人並み以上の食欲である。山のように買い込んだ食料は一回では運べない。スーパーマーケットから車まで何往復かしてようやく積み込むのだ。台所は戦場のようだった。

食事作りも、喘息《ぜんそく》の持病がある仁志のための念入りな掃除も、毎日の事とあって大変だったが苦にはならなかった。もともと賑《にぎ》やかな場が大好きだったし、何と言ってもみんな親戚《しんせき》同士なのだから、気兼ねが要らないのが幸いであった。

仁志は優しかった。わたしの実家方面への配達がある時にはいつも一緒に乗せて行ってくれ、うちの両親にも如才なく話しかける。取り引き先への納品の際にはわたしも荷物を下ろす手伝いをした。あちこちで「いつ見ても仲が良くていいですねえ」「アツアツで羨《うらや》ましいわあ」と言われ、誇らしい気分だった。

やがてわたしは妊娠し、買い出しはお腹の子を含めて十四人半の分量になったが、つわりもなくすこぶる順調だったので、食事作りも夫の配達アシスタントも今まで通りにやっていた。妊婦だからといってのんびり過ごすのは性に合わない。手が空いた時には義母の内職の手伝いもした。おかげで、近所の口さがないおばさんたちにも「徳野さんとこの嫁はんは今どき珍しい働きもんや」と折り紙を付けてもらえた。

仁志が大きな身体を屈《かが》めるようにして土手を駆け下りて来る。

「すまんすまん、待たせたなあ。社長に捕まってしもてん。どや、気分悪ないか」四角い額に汗の玉をたくさんくっつけている。

「平気や。この子よう暴れてるよ。胃袋は蹴《け》るわ、力一杯背伸びはするわ……。うちとあんたの子やなあ。元気すぎやで」

「そうか」

わたしは仁志に訊《き》いてみた。「ねえ、ここで昔キャッチボールしたね。覚えとる？」

「そんな事あったっけか」と遠い目をしている。「そのうち、子供と野球できるようになるかもな。楽しみやなあ」それから穏やかな視線をわたしに戻して言った。「ほな、甲子園行こか」

仁志は分厚い手でわたしの腕を引いて立たせ、指定席つまりトラックの助手席に乗り込ませた。二人の間で「甲子園」と呼び慣《なら》わしている倖田の実家では、母がわたしの初産《ういざん》を心待ちにしている。紙おむつばかりでは赤ん坊に良くないと、山のように布おむつを縫い上げてくれた母。今日もわたしの好きなおかずをたくさん作って待っているだろう。その心遣いが素直に嬉《うれ》しい。わたしは今ようやく過去の実家の呪縛《じゅばく》から解き放たれ、すべてを許せる気分になっていた。

横腹が突っ張った。赤ん坊がまた背伸びをしているのだろう。胎動がわたしを再び安らかな夢へと誘ってくれた。

第二章　禍福はあざなえる縄に似て

平成二年の四月も半ばを過ぎた夜、わたしは規則正しくやって来る陣痛に気づいた。急いで病院に向かったが初産《ういざん》という事で時間がかかり、入院してから十四時間以上経った次の日の午後にようやく長男を出産した。

くたくたになった身体を休める暇も惜しく、初めて見る我が子を腕に抱かせてもらった。「やっと会えたなあ……」胸の奥から愛《いと》おしさが込み上げて来る。生まれて来る子供が男の子だったら、仁志から一字貰《もら》って「貴仁《たかひと》」と名づける事に決めてあった。「貴仁……ターくん。お母ちゃんやで」そっと呼びかけてみた。その声が聞こえたふうもなく、赤ん坊はすやすやと心地よさそうに眠っている。

黄疸《おうだん》のため入院中に光線治療を受けたものの、その後ターくんは順調に育っていった。母乳もぐいぐい飲み、日増しに大きくなっていく。

仁志は毎晩仕事から帰ると、「こいつは大物になるで。チンチンもでかい。リーダーの器や」と親バカ丸出しの様子。嬉々《きき》として息子をお風呂に入れている。

義母は生後百日のお食い初めの時、野菜をすり潰《つぶ》して漉《こ》したスープを底なしに欲しがる孫を見て驚いた。「うわあ、こんなによう食べる子は初めてや」

わたしは髪を少年のように短く切り、おんぶ紐《ひも》でターくんを背負って一日中飛び回った。家事と育児でてんてこ舞いなのに加え、夜中の授乳もあって慢性睡眠不足だったが、まさに「すくすく」という言葉を絵に描いたような息子の発育ぶりに活力を貰っていた。あどけない寝顔を見ていると、寝不足も疲れも一度に吹き飛んでしまう。

ターくんは生まれた時から周りに大勢人間がいる環境で育ったせいか、人見知りとはまるで縁がなかった。どんなに厳《いか》つい男性が相手であっても嬉《うれ》しそうに笑いかけて抱っこをせがむ。そのしぐさに皆心和ませ、思わず手を伸ばさずにはいられなくなるのだった。

六カ月が過ぎた頃、出産の時に相部屋になったママたちが集まって我が家で同窓会と相成った時も、集まった子供たちの中でターくんは一回り大きかった。ハイハイも一番上手である。わたしは内心得意で仕方がない。

その後もターくんは目を細めたくなるような成長ぶりを見せてくれた。摑《つか》まり立ち、伝い歩きを次々にマスターし、生後十カ月でもう歩き始めた。

わたしたちの住む関西では子供の健やかな成長を願い、一歳の誕生日に一升餅《いっしょうもち》を背負わせる習慣がある。その日、ターくんは餅を入れた青いリュックサックを担《かつ》ぎ、凜々《りり》しく立ち上がった。

「ターくん、立派やんか。大した病気もせんと、ようここまで大きくなったなあ」わたしたち夫婦は感慨無量だった。

武庫川の堤にまた桜の季節がやって来ていた。散り始めた花びらを浴びながら、桜並木の下を親子三人で散歩する。

仁志が話しかけてきた。「ターくんはプロ野球選手にしよか」

中学時代野球部員として活躍した彼は、名門高校に進み甲子園を目指したかったのだと言う。全国の高校球児が憧《あこが》れて止まない甲子園球場。走ればここから二十分で行ける。しかし、中学卒業と同時に兄の入院費用返済のため働き始めた仁志にとっては、果てしなく遠い場所のままで終わってしまっていたのだ。

「うちなあ、この子大学に行かせたいねん。三歳になったら書道と英会話を教えるからね。野球選手かて、英語しゃべれたら引退してから役に立つやろし」

「よっしゃ！　東京六大学から阪神や。岡田彰布《あきのぶ》のコースやで。ろーっこう　おろーしにー……」

阪神タイガースの応援歌を口ずさみながら仁志はのんびりとベビーカーを押して歩いた。ターくんも楽しそうにきゃっきゃっと声をあげている。川の土手は緑濃く、ここらあたりには自然の息吹がまだ残っていた。水面《みなも》は今日も眩《まぶ》しくさざめき、川べりを行く三人の背に暖かな春の陽が降り注ぐ。

二十八歳。わたしは母親として幸せの絶頂にいた。

まさか、あんなに苛酷《かこく》な運命の扉がすぐそこに開いていようとは、この時思ってもみなかったのである。

それは唐突にやってきた。

いつものように兄弟姉妹が集まり食事をした後、酒が入って気が大きくなったのか、義兄がいきなり切り出したのだ。

「前にもいっぺん仁志に言うた事があるんやけどな、そろそろ財産分与の話をはっきりさせとこやないか。親父の残したもんはこの家だけやが、わしらにも八分の一の権利はあるんやさかいな」

仁志がおっとりと口を開く。

「そんな事言うたかて、家をケーキみたいに切り分ける訳には行かんしなあ。どないすんねん」

突然の話にわたしは戸惑っていた。一枚岩に見えていた兄弟姉妹にも、外からは窺《うかが》えない綻《ほころ》びが生じていたのだろうか。お金で解決できる問題なら簡単なんやけど……と、常々思っている事を心の中でつぶやいた。

「とにかく、家の八分の一はわしらのもんやて言うとるんや」

義兄は熟柿《じゅくし》のように酒臭い息を吐きながら、赤黒い顔を仁志に向けた。その隣では、最新のファッションに身を包んだ都会的で勝気な兄嫁が、神妙な顔で耳を傾けている。

この人が焚《た》きつけてるんや。わたしは直感的にひらめいた。

義兄夫婦は一度この家に同居した事があったのだが、人の出入りの多さに兄嫁が音を上げたため、数カ月で引っ越したと聞いた。その引っ越し費用も新居の保証金も、義母が出したらしい。その後わたしが仁志と結婚して慌しくもこの大家族を切り盛りし、ターくんも生まれて盤《ばん》石《じゃく》の家庭が築かれつつある。兄嫁の中に焦りの気持ちが芽生えたとしても不思議はない。〝あんた長男やろ。このままやと全財産、弟夫婦に持ってかれてまうで〟そう言って義兄をなじる様子が目に浮かぶようだ。

「兄貴の言い分も分かるけど、俺らこうしてここに住んどるんやし……」

兄の借金返済のため働かされた事もあったというのに、仁志は決してそれを盾にとって強く出たりはしない。と言うよりも、それができない性格なのだ。良く言えば温厚、悪く言えば優柔不断という事か。

義母は長男夫婦をきっと見据えて言った。

「おあいにくやが、お父ちゃんが残してくれた家はわての世話をしてくれるもんにそっくり渡すつもりや。この目の黒いうちは売らへんで」

義兄が無視して妹に訊《たず》ねる。「おまえの考えはどうや」

彼女は小狡《こずる》そうな動物にも似た目をして周りを見回した。「うちらかて、貰《もら》えるもんなら欲しいわあ」

義妹の年下の夫は建設現場の作業員で経済力に乏しい。義妹も時折母の内職を手伝っているが、生活はギリギリのようだった。見かねた義母が実家の別棟に住まわせているのもそのためだ。もちろん三度の食事もわたしたちと一緒である。

結局、あまり欲のない義姉だけが辞退したものの、財産分与の話は落ち着く様子を見せなかった。

再び義兄が義母に語りかけた。「なあ、お母ちゃん、親しき仲にも礼儀ありっちゅうやろ。話には筋を通してもらわんと、俺もこいつらも納得せえへんで」

「何を寝ぼけた事言うてんねん。今更おまえに説教なんかされとうないわい」

「あのなあ、法律っちゅうもんがあんねんで。けじめつけるとこは、つけんとあかん」それから義兄は、改まって座り直した。「実はわし、知り合いの不動産屋にこの家の査定を頼んだ。三千二百万やそうや」

義母はいきり立った。「何やて。勝手な事しよって」

「法律では半分、千六百万はお母ちゃんのもんや。残りをわしら四人で分けると四百万ずつやな。これだけ貰《もら》えれば文句は言わへん」

「そんな金、わてを逆さにして振っても出て来んわい」

言い返しながらも義母は、ちらりとわたしの方を見た。犀《さい》のような目。

(ああ、この目だ。お金の無心を始める時の目だ)

今までこの目をした人間に何度か出会った事がある。「しっかり者のミキちゃん」に資金運用の秘訣《ひけつ》を訊《たず》ねるだけでなく、露骨にいくらか貸してと頼んで来る人間の何と多かった事か。貸したお金が返って来ない事もあったが、それでも構わないと割り切っていた。お金で済むなら、それでいい。これがわたしの持論だった。

義母の目を見た時、わたしの中で何かがパチンと弾《はじ》けた。

「うちが出します」

皆の視線がいっせいに注がれる。

「今は二百万しかないねん。そやからまだ全部は払えんけど、あと一、二年経ってターくんを保育園に預けられるようになったら、ばりばり働くつもりや。そしたらみんなに四百万ずつ渡します」

その頃、仁志の安月給はすべて生活費に消えていた。二百万というのは、わたしが退職後に老人介護や飲食店のアルバイトなどで貯めた虎の子の貯金である。

「なあ、仁《じん》ちゃん、ええよね。うちら千二百万でこの家買ったと思えばええんやから」

仁志はうなずいた。「ああ。ミキがそこまで言うてくれるなら、俺も腹括《くく》るで」

「ほな、契約書作ろか」と義兄が言った。

「弟夫婦がこれだけ言うてくれてんのに、この罰当たりが」と大きな声を出しながらも、義母はほっとしたらしく、にんまりしている。わたしは少々嫌気がさしてきた。

「うちは構へんよ。契約書作ろ。その方がはっきりしてええわ。言った言わんで後から揉《も》めたくないしね」

ようやく決着しかけたところへ、「あのなあ、貰えると決まったんなら……」と義妹が粘りつくような声を出した。「うっとこ、早い方がええんやけど……。四百万全部やのうてもええから……半分とかでもどうかなあ」

結婚して子供が生まれても親のすねかじりのせいか、人に甘えるのが習い性となっているらしい。内心呆《あき》れた。ところが義母は娘をたしなめるでもなく、うんうんと首を縦に振っているではないか。

金銭の話には素の人間性が表れる。親戚《しんせき》同士、何でも気兼ねなく話をして来ただけに、お金に関しても遠慮がなかったのだと今になれば分かるが、その時のわたしは見なくてもいい人間の卑しい面を見てしまった気がしてうんざりした。

半ば自棄《やけ》になってわたしは言った。「わかった。二百万、そっくり先払いするわ」

「ええっ、ほんまか？　嬉《うれ》しーい。ありがとな、恩に着るわ」義妹は飛び上がらんばかりに喜んでいる。

義母は何度も畳に頭をこすりつけた。「すまんなあ。ありがとなあ、ミキちゃん」

「そんな……やめてんか、お義母《かあ》さん。お金は天下の回り物。金銭で物事が解決できるなら安いもんや。またゼロから頑張ります」と、わたしは義母にでなく自分自身に言い聞かせた。

その時は気づかなかったが、なけなしの貯金を気前よく義妹に渡す事で、わたしは不遜《ふそん》にもかつて味わった貧しさに復讐《ふくしゅう》していたのかもしれない。淡い初恋を告白できずに終わらせ、大学進学の夢を打ち砕いた貧しさに。

だが、お金にも生きる金と死ぬ金があるのをわたしが実感するのは、もっと先の事だ。

義妹一家はお金を渡すと間もなく新車を買い、実家の別棟を出てマンションに引っ越して行った。しばらくして就職先を見つけたらしく、義妹は幼い娘を保育園に預けて働きに出るようになった。それでも食事時には相変わらず親子でやって来る。もちろん食費など入れているはずもない。

曲がりなりにも独立した所帯を構えたのだから、もういい加減に自活するという考えを持つべきではないのか。わたしは義母にそれとなく意見を述べてみた。

それまでにこやかだった義母の顔が険しくなる。蛇のように冷たい目で睨《にら》みつけながら彼女は言った。

「娘が親の家に来て、どこが悪いねん。ここはまだわての家やで。あんたなあ、ちょっと金出したくらいで偉そうな事言いなさんな。仁志は初婚やのに、再婚で行き先のないあんたをもろてやったんやで」

二の句が継げなかった。叔母・姪《めい》の間柄の時には分からなかった義母の性格の一端を垣間見たような気がした。この瞬間からである。昼間、義母と共に家にいるのが苦痛になったのは。

心の支えはターくんだった。大人たちの感情のさや当てとは無縁にぐんぐん成長し、この頃では可愛い片言も聞かせてくれるようになっていた。そんなある日の事。

「お母ちゃーん。仕事行って来るから、この子預かってんか」

義妹である。

朝から娘を連れて来るのは珍しい。普段の日は保育園に通っているはずだからだ。部屋に入って来たその子の顔を見て驚いた。白い点々が無数に付いている。薬を塗った跡だ。

ドキッと心臓が一拍、強く打った。

義母が訊《き》いた。「どないしたん、これ。水ぼうそうか?」

「そうやねん。熱も出てしもてな。水疱《すいほう》の表面が乾くまで、一週間くらいは自宅で安静にって言われてん。保育園でも預かってくれへんのや。うち、仕事休んだら皆勤手当が貰《もら》えんよって、お母ちゃん頼むわ」

「ええよ、ええよ。置いてき。誰でも罹《かか》る病気や」

このやり取りを聞いていたわたしは無性《むしょう》に腹が立ってきた。

（皆勤手当と娘の看病と、どっちが大事や。自宅で面倒見るのが親の務めやろ。うちにはまだ一歳になって間もないターくんがおるのに、保育園でも預かってくれん子を連れて来るなんて、常識を疑うわ）

喉元《のどもと》まで出かかった言葉をわたしはぐっと呑《の》み込んだ。それを言ったらこの家は修羅場《しゅらば》になる。ただでさえあの財産分与騒動以来、人も羨《うらや》むほど仲が良かったはずの徳野家の中には隙間《すきま》風《かぜ》が吹き始めているのだから。

わたしはターくんをできるだけ姪《めい》に近づけないようにしながら、一日を過ごした。だが翌日もその翌日も、結局完治するまで義妹は娘を預けに来た。その間ずっと水ぼうそうの菌にさらされ続けた息子はたまったものではない。

数日後、ターくんが急にぐずり始めた。熱を測ってみると、三十九度ある。発疹《ほっしん》も出ているようだ。やっぱり……わたしは舌打ちした。

とりあえず熱冷ましの座薬《ざやく》を使い、水分を多めに与えて寝かせておいた。その日は日曜日だったが、どうしても甲子園の実家に寄らなければいけない用事があり、仁志の運転する車で急いで出かけた。

その時、休日診療所の前を通り過ぎた。

どうしよう。ターくん、診《み》てもらおうか……。わたしの心に迷いの霧が広がっていく。

でも、別に原因不明の発熱やないし、義妹が置いて行った薬もある。寝てるのをわざわざ起こして連れて行かんでも……。やっぱり、明日の朝一番で病院に行こう。結局わたしは水ぼうそうなんて誰でも罹《かか》る病気だから心配要らないと自分を納得させ、用事を済ませて家に帰った。

今でもこの時の自分の行動が悔やまれて悔やまれて、悔やまれてならない。時計の針を戻す事ができたら……何度そう思っただろう。


翌朝六時に県立病院へ向かい、受付に並んで順番待ちをした。診察開始と同時に一番にターくんを診てもらう。その時わたしの耳に響いて来たのは、信じられない医師の言葉だった。

「すぐに点滴や！　脱水症状になりかけてる」

オロオロするわたしに追い討ちをかけるように、医師は処置室へ行けと命じた。

「お母さん、あのな、水ぼうそうは軽く見たらいけないんだ」

看護婦がターくんをうつぶせにし、足の裏に針を刺して点滴を始めた。やがて医師も看護婦もいなくなり、処置室の中にわたしとターくんだけが取り残された。いたいけな息子を見守りながら、ほっと一息ついた。点滴の輸液がぽつんぽつんと間断なく落ちている。

「ターくん」と話しかけた。「かわいそうやったなあ、痛い思いさせて……。もうちょっとの辛抱やで。頭、痛いか。すぐに良くなるからな、頑張るんやで。あんたは強い子や。うちの息子やねんからな。元気になったら、また公園に遊びに行こな。海に泳ぎに行こな。ご飯もいっぱい食べよな……」

何度も何度もターくんに声をかけた。輸液が落ち始めてから点滴の容器がひしゃげるまでに、とても長い時間が過ぎて行った。もう残量は僅《わず》かになっている。

異変に気づいたのはその時だった。

おかしい。ターくんの様子がおかしい。

わたしは息子の顔をそっと窺《うかが》い、口元に耳を近づけてみた。寝息がまったく伝わって来ない。身体はぴくりとも動かない。いったい何が起こったのだろう。さっきまで、ぐったりとはしていても安らかな寝息を立てていたはずの息子に。

「せ……」ああ、そんなバカな。「先生！　先生！　看護婦さん！　誰か来て！　ターくんが！　ターくんが！」
五、六人の医師が血相を変えて飛んで来た。その中には小児科部長もいる。あっと言う間にターくんは心電図モニターやその他の器械がひしめく別室へ運ばれた。次々に処置が施されるのをわたしは放心状態で見ていた。器械でショックを与えても、心電図の波型は平坦《へいたん》な線を描いたままだ。一人の医師が白衣の腕をたくし上げ、ターくんの小さな身体の上に覆い被《かぶ》さった。ぎしっ、ぎしっとベッドが軋《きし》む。懸命の心臓マッサージが繰り返された。

目の前の光景から、どんどん色が抜け落ちて行く。

助けて！

心の中でそう叫び続けた。ターくんはまだ一歳なのだ。このまま手の届かないところへ行ってしまうなんて、そんな理不尽な事が許されるものか。

助けて。助けて。助けて……。

「残念ですが……」

医師の言葉を聞いて頭の中が真っ白になる。わたしは気を失い、その場にくずおれた。

「いったい何で……」

病院に駆けつけた仁志が、変わり果てた息子を見て声もなく立ち尽くしていた。

呆然《ぼうぜん》として涙も出ないわたしは、仁志に抱えられるようにして家路に就いた。思いもよらないターくんの無言の帰宅。あれだけゆっくり時間をかけて生まれてきた我が子は、僅《わず》か一年と一カ月でこの世を駆け抜けて行った。

嘆き取り乱しながらも通夜の段取りにかかろうとする周囲を抑え、仁志はぽつりとつぶやいた。「今日だけは、親子三人にさせてんか」

その夜、わたしたちはターくんを真ん中にして川の字になって寝た。仁志の腕枕《うでまくら》に支えられたターくんの寝顔は、水ぼうそうの発疹《ほっしん》が少し紫がかっているものの、いつもとまったく変わらなかった。今にも眠い目をこすりながら起き上がって来そうに見える。もう二度と目を開けないなんて、とても信じられない。

何であの時、休日診療所に連れて行かなかったのか……。うちのせいや。もう取り返しがつかへん……。

朝まで一睡もせず、わたしは自分自身を責め立てた。そうする事が、息子に対する罪滅ぼしでもあるかのように。

通夜と葬儀が慌しく終わり、改めて泥濘《ぬかるみ》のように深く底知れぬ悲しみに覆われる毎日がやってきた。

ターくんのために集まってくれた多くの人は皆一様に、子供が水ぼうそうで亡くなるという事実に驚いていた。後日医師から説明されたところによると、もともと息子の心臓には欠陥があったのだという。わたしと夫の血が濃すぎる事が原因らしい。今回水ぼうそうに罹《かか》らなかったとしても、成長するにつれて心臓への負担が大きくなり、永くは生きられなかったのではないかと言われた。だが、それを聞いたからといって慰められるものではない。

わたしの胸の中には一つのわだかまりがあった。これがターくんの運命だったと考える他はないにしても、せめてもっとたくさん楽しい思い出を作ってやる事ができたかもしれないのに……あの時、義妹が娘を連れてさえ来なかったら。

いや、よそう。済んだ事を今更言っても仕方ない。それでも義妹から「自分があの時娘を連れて行ったばっかりに」という詫《わ》びの一言さえあったなら、わたしの心も和むものを。

その思いを愚痴交じりに実家の母に打ち明けたのが、どこでどう伝わったのか。しばらく経ったある日、義妹が憤懣《ふんまん》やる方ない様子で家にやって来た。

「ミキちゃん、話があるんやけど」

「えっ？」

「ターくんの事やけどなあ、うちの娘の病気がうつったという証拠でもあるんか？　ターくんを亡くしてショックなのは分かるけど、まるでうちらのせいみたいに言われるのは心外やわ」

「そんな……」わたしは困惑した。「うち、そんなつもり、あらへん。気い悪うしたんなら、謝るわ。ごめんな」

こちらが逆に詫びる羽目になってしまうとは……。カウンターパンチを食らった格好となり、げんなりした。

そんなわたしの様子を見て、仁志が何事かと訊《き》いてきた。かいつまんで事情を話す。これが間違いの始まりだった。

「おまえ、ミキに何て言うたんや！」と仁志が義妹を問い詰めたのだ。

「何も言わへん。うちがいったい何したて言うのん」としらを切る義妹。

言った言わないの兄妹喧嘩《げんか》はやがて義母や義兄まで巻き込み、挙句の果てには収拾のつかない大騒動になった。

あの義妹の言葉も今から考えると、気心の知れた間柄だからこそ口から出たのかもしれない。良くも悪くも徳野家の人々は、思った事を腹の中に溜めておく事ができない性分なのだ。それでもあの時、そう判断する心のゆとりはとうていなかった。来る日も来る日も繰り返される家族間の言い争いに、わたしは心身ともに疲れ果ててしまった。

気がつけば、わたしと徳野家の間には埋めがたい溝が生まれていた。ターくんの四十九日の法要が終わった後、しばらく実家に戻る決心をした。打ちひしがれたわたしを見て、両親はまるで腫《は》れ物にでも触るように接してくる。その事が余計に心の傷を抉《えぐ》った。休日診療所に息子を連れて行かなかった事を思い出しては自責の念に苦しめられ、何をしていても苛《さいな》まれるように感じた。

ふと気がつくと、(ターくんのとこへ行きたいなあ)と思っている自分がいる。わたしが後を追ったなら、ターくんは喜ぶだろうか。いや、そんなはずはない。もっと気持ちをしっかり持たなければ……。

ともすれば挫《くじ》けそうになる心を必死で鼓舞する毎日。唯一の慰めである書道を知らなかったなら、わたしは正気を失っていたに違いない。心を平静に保って筆を運んでいるつもりなのに、気がつけば「貴仁善童子」と書いてしまっている。

それはわたしに生涯最高の幸せをくれた、息子の戒名《かいみょう》であった。

第三章　災いの日々

気がつけば、あたりにはもう夏の訪れを感じさせる眩《まぶ》しい光が躍っている。

来る日も来る日も在《あ》りし頃のターくんの面影を偲《しの》んで暮らすうち、いつの間にか数週間が過ぎ去っていた。

そしてある日、仕事帰りの仁志が甲子園の実家を訪ねて来た。

「ミキ、迎えに来たんや。帰っておいで」

わたしは素直にうなずく事ができなかった。いくら親戚《しんせき》とは言え、いや、親戚同士だからこそ、一度絡み合った感情のもつれを解きほぐすのは難しい。他人に対するよりも無遠慮な言葉をぶつけ合った事を考えると、義母とも義兄妹たちとも、もううまく付き合っていける自信はなかった。

「これ以上お義母《かあ》さんとあの家で一緒に住むのは無理や」とわたしは仁志に告げた。「別居するしか方法はないと思う。それが駄目なら離婚して。お願いやから、どっちかに決めて」

わたしはそうとう追い詰められた目をしていたのだろう。仁志はすぐには言葉を返さず、黙ってじっと考え込んでいた。

しばらくしてから、彼はようやく口を開いた。

「分かった。別居して二人でやり直そう」

張り詰めていた気持ちがふっと緩んでいく。夫の愛情はまだ擦り切れていない……。

「ミキの言う事は俺にも分かる。お母ちゃん、ちょっときついとこがあるさかいな。そやけどもう年やし、一人にしとくのも心配や。今の家からすぐの場所で、どこか住むとこ探そう。それでええやろ？」仁志はさらに言った。「やっぱり親に近いとこがええよ。家族は一緒におるのが当たり前なんやから」

この時にわたしは思い知った。仁志の考える家族とは、何よりも徳野の親兄弟を意味するのだと。ああ、この人もまた「家」という籠《かご》から逃れられない、翔《と》べない鳥だった。彼にとっての世界は、あくまでこの武庫川の三角州の中なのだ。

それでも今までよりは気も楽になるだろう。わたしはそう考えて妥協し、仁志の提案に従う事にした。さっそく二人で不動産屋に出向き、徳野の家から数百メートルしか離れていない場所に小さな二階家を見つけて、購入を決めたのである。

その隣の方が生命保険の外交をされていて、わたしは勧められるまま外交員として働いたが、気分転換になり悲しみも忘れられ営業職も面白いと思えた頃だった。

暦が翌年に変わった二月、わたしは再び妊娠に気付いた。流産の恐れがあると言われ、自宅で安静に過ごす日々が続くので生命保険の外交は退職した。

無事に生まれて来て欲しい。ターくんのためにも。今度は絶対立派に育て上げてみせる。もう二度と、あんな悲しい思いはしたくない。

そう考えたわたしは、もっと子供の事を知らなくてはと思い立った。ターくんを失ったのは、幼児の病気に対する認識不足も原因の一つだったのだ。子育てについて一から勉強し直そう。将来の事を考え、保母の資格を取ろう。それがせめてもの、息子への供養になるかもしれない。

妊娠安定期に入った四月末から通信教育を受講した。資格試験は七月末、出産は十月末の予定である。教育原理、児童心理学、保健衛生学、看護学に栄養学……大学受験を諦《あきら》め資格を取りまくった時以来の猛勉強が始まった。

試験内容は保育実習を含む八科目の筆記と、音楽や絵画などの実技である。問題はピアノのレッスンだ。当時はピアノがなかったので課題曲の練習ができない。考えた末、わたしは中学時代の音楽の先生にお願いして、放課後の音楽室を使わせてもらう事にした。毎日三十分間音楽室でピアノを弾き、筆記試験の科目を自宅で独習する。

合格率は十パーセント未満と言われている。先生からは「まったくの初心者が僅《わず》か三カ月の練習で合格ラインに達するのは無理や」と駄目出しされたが、「今年はね、来年のための予行演習です」と答えておいた。もちろん内心は、絶対に合格してみせるつもりでいた。来年は子育てに追われて試験どころではなくなるだろう。何としてもこの夏に資格を取っておかなければ。

大きなお腹で汗を拭《ふ》き拭き、ピアノのレッスンに精を出した。近所の保育園に頼み込み、実技試験の課題のエプロンシアターを練習させてもらった。舞台に見立てたエプロンを背景に、人形を使って歌やお話を進めていく遊戯である。目を丸くして見入ってくれる園児たち相手に、こちらもつい張り切ってしまう。反応は上々、園長先生にもとても喜んでもらえた。無邪気であどけない子供たちと過ごす日々は本当に楽しかった。

試験当日、わたしはすでに妊娠七カ月。実技科目の体操では、せり出したお腹が邪魔で動きも鈍くなる。試験官は「無理しないで。転ばないでくださいね」と気遣ってくれたが、減点されても仕方ないと覚悟していた。

それだけに、九月末に合格通知が届いた時には思わずガッツポーズが出た。明確な目標に向かって楽しみながら取り組めば、どんなものでも短期間で身に付く。その事を改めて実感した出来事だった。

平成四年十一月。予定日を一週間ほど過ぎて、わたしは娘を無事出産した。ターくんの生まれ変わりだと思える小さな命が心から愛《いと》おしい。「仁美《ひとみ》」と名づけられた赤ん坊はターくんと同様に母乳をよく飲み、丸々と太った正真正銘の健康優良児に育って行った。お腹の中でさんざんピアノの音を聴かされていたせいか、音楽にすぐ反応して自然に身体を動かしている。夜泣きが始まった時も、おんぶして近くの公園へ行き子守り歌を歌っていると、すぐに機嫌を直してくれた。

(仁美ちゃん、ターくんの分まできっと幸せになるんやで。お母ちゃんはどんな事があっても、あんたを守り抜くからね)

背中で寝息を立てる娘に低い声で歌い聴かせながら、わたしは心に誓うのだった。

仁美は何事もなく一歳の誕生日を迎え、我が家のアイドル的存在になっていた。可愛い盛りの娘のおかげでようやく徳野家は以前の明るさを取り戻したかに見えた。

そんなある日、別居中の義母がとうとう家を売却する決断をした。

独り住まいの侘《わび》しさに耐えかね、義妹一家が住むマンションの隣の部屋が空いたのを知って引っ越す事にしたという。その結果、以前話し合った通り、四人の兄弟姉妹にそれぞれ四百万円ずつの財産分与が行なわれる事になり、わたしたちは義妹に先払いしていた分を含めて六百万円というお金を手にした。

時は平成六年七月、世を賑《にぎ》わしたバブル景気が弾《はじ》け、金利も不動産の価格も下落し始めた頃である。

当時、我が家には駐車場がなく、仁志が仕事で使うトラックも家から離れた場所に停めてあった。手狭で部屋数も少ないので、将来仁美が子供部屋を欲しがる頃になったら困るだろうと、折りに触れ考えていたところだった。そこへ棚からぼた餅のように転がり込んできたお金。これは神様からの後押しに違いない。

さっそくわたしは仁志に相談してみた。「なあ仁《じん》ちゃん、貰《もら》った六百万を頭金にして新しい家を買わへん？　この家は駐車場も仁美の子供部屋もないし。この際思い切って広いとこに移ったらどうやろ」

賛成してくれるものと思ったのに、夫は難色を示した。「やめといた方がええぞ。大きい家やとローンが大変やで。仁美がまだ小さいから、おまえは働けへんし。この家かて、まだ住んで何年も経っとらん。何も今すぐ移らんでもええやないか」

「分からへんかなあ、今がチャンスなんよ。バブルが弾けて、金利も家の値段も下がってきてるやん」わたしは食い下がった。この時期を逃したら、いつまた高金利に転じるか分からない。

「買い替えるんなら今や。ローンかて何とかなるて。明日、この家を買う時に世話になった不動産屋に相談してみるわ」

仁志もこの熱意と勢いに圧倒されたのか、「ほんまに大丈夫やな」と念を押しながらも、しぶしぶ納得してくれた。


こうと決めたら即、行動に移すのがわたしの主義である。翌日さっそく不動産屋に出向き、家の売却を頼んだ。

「徳野さん、この家売った後、どうしはるおつもり？」

「広めの家に移りたいと思ってるんやわ」

「当てはあるんですか」

「これから探すわ」

「そんならうちに任してください。新居もぜひお世話させてくださいよ。ちょうどええのがあるんですが、どうです」

不動産屋が紹介してくれたのは流行《はや》りの三階建て、車庫付きで広々とした文句なしの住まいだった。返済プランを立ててもらうと、月々十五万円の支払額。どうやらギリギリで払えそうな金額である。

「こんなん、めったに出えへん物件でっせ。すぐ決めてもらわんと、他に買い手が付きますよ」

と煽《あお》られたせいもあり、わたしは迷わず新居への引っ越しを決めた。

ところがこの後、大変な目に遭うのである。仁志の収入の場合、銀行の住宅ローンは今まで住んでいた家が売れてからでないと下りないのだが、この不動産屋は虚偽の売買契約書を作成し、旧宅が売却された事にして新居のローンを組んでいたのだ。

二重ローン——悪夢の始まりであった。


今までのローン七万に加え、新たな十五万。月々の支払いは二十二万円に上った。仁志の給料だけで生活している身にとって、とても普通に払える額ではない。焦ったわたしは複数の不動産屋を回って旧宅の売却を依頼したが、意に反してなかなか買い手が付かなかった。

出費を切り詰めるため夕食は実家で作り、毎晩新居に持ち帰った。洗濯物も実家へ持って行って洗った。それでも日が経つにつれ、家計は苦しくなるばかりだった。

生活にゆとりがなくなってくると、人間ささいな事で苛立《いらだ》つようになる。せっかく理想のマイホームに引っ越したというのに、家の中にはだんだん刺々《とげとげ》しい空気が漂い始めていた。

わたしは仁志の持病の喘息《ぜんそく》が公害認定された事に思い至り、月々貰《もら》っている十万円の見舞金の中から七万円を旧宅が売却されるまでだけ家計に回してくれるよう頼んだ。ところが彼から返ってきたのは、予想だにしない言葉だった。

「嫌やね」と仁志は言った。「毎月の給料を全額渡してんのに、何でそれでやって行かれへんのや。だいたい、俺がやめとけ言うたのに、おまえが何とかなるて言うから引っ越したんやないか。この金は俺が今まで苦しんできた代償やぞ。俺に使う権利があるんや」

この人には、月々数万円というお金の重みが分かっているのだろうか。大変な時にこそ、お互いに少しの我慢で協力し合うのが夫婦というものではないのか。

言い返したかったが、娘の前で怒鳴り合うのだけは避けたい。ただでさえこの頃、つまらぬ口喧嘩《くちげんか》が多くなっている。わたしは落胆したものの、それ以上何も言わなかった。仁志が家の買い替えに乗り気でなかったのは確かだが、そのせいでわたしの方も二重ローンの大変さを愚痴る事もできず、一人ですべて解決しようと意地になっていた。今思えば、なまじわたしに生活力があった事が仇《あだ》になったのかもしれない。

もう夫に頼るのなんかやめよう。かと言って、一歳半の仁美を抱えて外に働きに出る訳にもいかないし……自宅にいながらできる仕事はないだろうか。わたしは新聞の求人欄を必死に探した。

〈アルバイト　電話オペレーター　時給二千円以上〉の広告が目に飛び込んでくる。これだ！人と話すのは嫌いではない。これなら昼間、仁美が寝ている時でも仕事ができる。さっそく応募した。

ところが業務内容の説明を聞くと、テレホンクラブのいわゆる〝サクラ〟の仕事である事が分かった。アルバイトの女性にはフリーダイヤルの暗証番号が割り当てられ、自宅待機していると男性から電話がかかって来る。通話時間一分につき四十円がアルバイト料として支払われるのだという。一時間丸々話せば二千四百円の収入になる訳だ。

いかにも胡散臭《うさんくさ》い話である。やめようかとも考えたが、どうしてもお金が必要なのだ。背に腹は代えられない。こうして、見知らぬ男性たちとの会話が始まった。

仕事と割り切り、感じの悪い相手にもできるだけ話を合わせるようにした。通話時間によってアルバイト料が決まるのだから、とにかく会話を長引かせる事が肝要だ。とは言え、見ず知らずの男性を相手に話を続けるのは容易ではない。相槌《あいづち》を打つだけでは間がもたないのだ。手慣れた女性なら作り話で切り抜ける事ができるのかもしれないが、わたしにはとうていそんな余裕はなかった。仕方なく、話のつなぎにこちらの身の上話などもぽつぽつと洩《も》らす事になる。

その男は人の話を聞き出すのが非常に巧みだった。サクラを狙《ねら》うプロ、すなわち詐欺師《さぎし》である。

男は間延びした声で、まずお定《き》まりの質問を投げかけてきた。「ねえ、結婚してんのお?」

「うん。子供もいるよ」

「奥さん、こんな事やってていいの」

「仕方ないのよ……」

「何や暗い声出して。訳ありみたいやなあ」如才ない口調だ。「悩みがあるんなら言うてみ。ちっとは気も晴れるやろ。まったくの他人にしゃべるんやから心配は要らんで」

親しみを込めた言い方につい気を許し、わたしは自分の事情を洗いざらい話した。「実は……」

「そうかあ。あんたも大変やな」男はどこまでも誠実そうな声を出した。「バブル弾《はじ》けてから、そういうケースが多い。実は俺、不動産屋やねん。そんな頼りにならん業者と手を切れば? あんた、助けたるわ。任しとき。俺を信じて言う通りにしてくれたら、すぐにでも家、売ってあげるよ」

「えっ、ほんま?」

「一度会わへん?」

悪魔の誘いにわたしは乗ってしまい、駅近くの喫茶店で待ち合わせる事にした。その男は髪をきちんと七三に分けてダークスーツに身を固め、エルメスのセカンドバッグを持っていた。銀縁の眼鏡をかけた風貌《ふうぼう》は、どこから見ても洗練されたサラリーマンである。男はわたしを認めると、電話とはうって変わったビジネスライクな口調で切り出した。

「奥さん、さっそくですが、家を売るに当たって広告を打ちますからね。広告費の二百万だけはそちらでお願いします」

突然の話に、わたしはポカンと口を開けた。「そんなお金、一銭もないです」

「こういう時のためにサラ金があるんやないですか。ご主人の保険証と印鑑があれば借りられますよ。それと、家の売買契約には印鑑証明が要りますから、すぐにお持ちいただけますか?」

後から考えれば考えるほど、なぜあんな事をしてしまったのか不思議でならない。人間、弱みを持っている時はすべての思考が鈍るものである。その時わたしの判断力は皆無に近かった。おそらく藁《わら》にも縋《すが》る思いだったのだろう。

とにかくわたしは男に言われるまま、その日のうちに四カ所のサラ金を回り、それぞれ限度額一杯の五十万ずつ計二百万円を借りた。多重債務者リストに載せられる前の早業だった。印鑑証明も取って来た。おまけに、車庫入れに失敗して壊れたテールランプを格安で修理する業者を紹介してくれると言う男の甘言に乗せられ、買ったばかりの車まで渡してしまったのである。

ほどなく、その男は姿をくらました。

知らない金融機関から借金返済の督促状が矢のように舞い込み始めたのはそれからだ。最初に借りた二百万円が、金利でどんどん雪だるま式にふくらんで行った。早くまともな仕事に就いて返済しなくては、と焦れば焦るほど身動きが取れなくなって行く。もちろん誰に相談できるはずもない。為《な》す術《すべ》を知らずオロオロするうち、数カ月で借金は八百万円近くにまで増えてしまった。

そしてついに、仁志の知るところとなる。

「八百万やて！　俺に黙ってとんでもない借金こしらえよって。おまけに車も取られた言うんか。呆《あき》れるのを通り越して口もきけんわ。このドアホ！　何て事してくれたんや」夫は口を極めてわたしを罵《ののし》った。「おまえは俺をまるっきり信頼してへんちゅう事やな。面目丸潰《まるつぶ》れや。情けない。何のため今まで夫婦やって来たんや」

（それはこっちの台詞《せりふ》やわ。家計を切り詰める事に協力もしてくれず、苦労をうち一人に押しつけたのはいったい誰よ。詐欺《さぎ》に引っかかるほど切羽詰まったのは、あんたにも原因があるんやないの！）大声をあげたいのを我慢して、際限なく続く罵倒《ばとう》の言葉にじっと耐えた。何をどう言い訳しても、どうせ分かってもらえないだろう。もうこの時、わたしにとって仁志との家庭は、安らぎを与えてくれる場ではなくなっていた。


その夜、徳野の義母と兄弟姉妹、わたしの実家の両親が集まり、親族会議が行なわれた。仁志はすでに家族の間で話をつけていたらしく、いきなりこう言い放った。

「今度の事は騙《だま》されたおまえがすべて悪いんやからな。俺はここまでないがしろにされて、もう堪忍袋の緒が切れた。借金八百万と車代二百万、全額自分で返済せえ」

わたしがすべて悪いのだろうか。責任を一方的に押しつけられてしまうのか。うなだれるわたしに追い討ちをかけるように仁志は続けた。「それと、慰謝料三百万払ってもらう。合計千三百万、それで離縁したるわ。どこへなりと行ってまえ。ただし仁美の親権は渡さんぞ」

屋根に上っている途中で脚立を不意に外されたような気持ちになった。目の前が暗くなる。慰謝料……仁美の親権……。

わたしは思わず顔を上げ、正面から仁志と向き合った。

「親権って、どういう事よ。仁美はうちが産んだ娘やで」

「大事な仁美の育児を騙《だま》されるバカなおまえなんかに任せられるもんか。俺んとこでちゃんと育てる。心配要らへん」

「嫌よ！　嫌！」わたしは半狂乱になった。「借金は何としても返します。仁《じん》ちゃんが望むんなら、離縁だって構へん。でも、仁美を手放すのだけはお断りや！」

「自分のしでかした事が分かっとんのか。おまえみたいな無責任な女に、子供を育てて行く資格はあらへんのや」

堰《せき》を切ったように涙があふれる。わたしは嗚咽《おえつ》をこらえる事ができなかった。何がいけなかったのだろう。わたしのした事は、それほど許しがたいものなのか？　最愛の娘を否応《いやおう》なく奪い取られるほど、極悪非道な事なのか？

「仁ちゃん、お願い……」わたしはがっくりと両手をつき、畳に頭をこすりつけた。「うち、他には何も要らん。仁美さえおれば。だからそれだけは堪忍して……」

「あかん。もうこの話はしまいや」

誰も何も言わない。情けない事に、実家の両親も口を閉ざし、ひたすら娘の不始末を詫《わ》びる態を装って隅の方に縮こまっている。わたしは滂沱《ぼうだ》の涙を拭《ぬぐ》う事もできず、ただじっとうつむいて唇を噛《か》み締めた。孤立無援だった。この六年間、必死の思いで築いてきた自分自身の家庭。永遠に続く幸せを約束してくれるはずだった家庭。それが、音を立てて崩れていく。

平成七年一月、奇《く》しくも十三日の金曜日であった。普段なら気にも留めないカレンダーの日付が、この日はわたしを嘲笑《あざわら》っているかのように思えた。

一月十六日、わたしたち二人は倖田の両親に仁美を預け、今後の手続きなど事務的な取り決めをする事にした。おそらくこれが最後の夫婦の話し合いになるだろう。

この日は土曜日から続いた三連休の最終日だった。休み明けを待って翌日市役所に離婚届を出すつもりだと仁志は言った。

覚悟はしていたものの、胸の奥を薄ら寒い風が吹き抜けるような思いはどうしようもない。今までに何度も脳裏をよぎったとめどない疑問が、再び浮かんで来る。

二人で所帯を持った頃、仁志はこんなじゃなかった。家族思いの優しい人だと思っていたのに、いったいなぜ……？　誰が、何が悪かったのか。わたしのせい？　しょせんわたしは、最後まで徳野家の人間になり切れなかったという事か……。

怒り、諦《あきら》め、悔恨、虚無感。すべての感情が入り交《ま》じり、二人の会話をぎこちないものにした。

そして連休最後の夜。

精も根も尽きて、わたしはぐったりと床に就いた。ところが明け方、天地を揺るがすようなただならぬ震動を感じて跳ね起きた。

平成七年一月十七日、午前五時四十六分。わたしはこの日付と時刻を生涯忘れる事はできないだろう。

この瞬間、未曾有《みぞう》の阪神大震災が起こったのである。

第四章　終わりなき闇と一筋の光

まだ明け切らぬ冬の朝、安らかな眠りをむさぼる人々を恐怖の奈落に突き落とした直下型地震は、阪神地域に戦後最大の被害をもたらした。六千四百名を超える死者、四万名を超える負傷者。住居については全壊と半壊合わせて二十五万棟近くに上ったという。それでも、これがもし日中の出来事であったなら、二十万にも及ぶ人が犠牲になっていたかもしれないのだそうだ。

一瞬にして大勢の尊い生命を奪い去った阪神大震災。人間の力ではどうしようもできない自然の脅威を目の当たりにして、運命の皮肉さと無常感に苛《さいな》まれる。

築五カ月の新居は鉄筋コンクリート造りだったため、お皿一枚割れずに済んだ。それにしても、ものすごい揺れである。窓を開けたわたしはその場に凍《こお》りついた。隣の家もその隣の家も、ぺしゃんこに潰《つぶ》れている。見渡す限り瓦礫《がれき》の山となっていた。一夜明けた街は、昨日とまったく違う景色を見せている。あまりのひどさに、へたり込んでしまった。

電話がつながらない。電気もガスも水道も止まっている。ただ事ではない。これはいったい……。喉がからからになった。仁美はどうしているだろう。実家の両親は。

仁志も親兄弟の安否が気になるらしい。地震の街を車で走るのは危険が伴うが、この際他に手段はない。わたしたち二人はトラックに乗り込み、消防車や救急車のサイレンがけたたましく鳴り響く通りを、甲子園の倖田家に向かった。

途中目にしたのは、悪夢のような光景だった。跡形もなく崩れた家々、泣き叫ぶ人、呆然《ぼうぜん》と立ちすくむ人、裸足で走る人……。戦時中の空襲下もかくやと思われる惨状である。まるでこの世の終わりのようだ。背筋が寒くなった。

倖田の家は倒壊こそ免れたものの、目を覆いたくなる状態だった。屋根瓦《やねがわら》はすべて落ち、壁のあちこちにひび割れが入り、大きな柱が曲がっている。それでもどうやら、中学校の体育館への避難はしなくて済みそうである。

奥から出て来た父を見て思わずギョッとした。ぱっくり裂けた額から血がだらだらと流れている。まるでお化けのようだ。後で十針縫う事になる傷を手で押さえながら、「人形ケースが落ちて来て、頭に当たったんや」と言う。

わたしは父に縋《すが》るようにして訊《き》いた。「仁美は……仁美は？」

「お母ちゃんがとっさに抱きかかえて、無事やった」

仁美が寝ていたはずの居間へ行ってみると、足の踏み場もないほど物が散乱している。部屋の隅で仁美は母にしがみついていた。小さな身体がパニックでぶるぶる震えている。

わたしは母から仁美を受け取り、力一杯抱き締めた。

「怖かったやろ、かわいそうになあ。もう安心してええんやで。大丈夫や。大丈夫や……」

そう言うと仁美はこっくりとうなずき、手足にしっかり力を入れて抱きついて来た。僅《わず》か二歳で家の争いと親の離婚に巻き込まれ、その上これほど恐ろしい天変地異を経験するとは……。運命に翻弄《ほんろう》される我が子が不憫《ふびん》でならない。幼い娘の身体の芯《しん》で燃えている生命の炎。その感触を自分の中に刻み込むように、強く強く抱き締めた。

その頃実家の二階では、香港から来た女子留学生をホームステイさせていた。家族の無事を確認した今、彼女の様子が気になり急いで階段を上がった。部屋へ入ってみると、大きな箪笥《たんす》が布団の上に覆い被《かぶ》さっている。最悪の事態が頭をよぎった。香港のご両親にどう報告すればいいのだろう……。

ところが、箪笥は完全には倒れていなかった。普段はベランダに置いてあるはずのステンレス製の物干し竿《ざお》が二本、箪笥の下で交差して支えており、そのおかげで僅かな隙間《すきま》ができているではないか。冬場は洗濯物が乾きにくいため、彼女は竿を部屋の対角線上に渡して衣類を干していたのだ。それが命を救ったのである。

名前を呼びながら、皆で彼女の身体を箪笥の下から引っ張り出した。

「えっ、何？　いったいどうしたの」

香港の女子大生はかすり傷一つ負わず、あろう事か大揺れの後も熟睡していた。その神経の図太さに、皆で顔を見合わせて笑った。

「南の人は大らかやわ。いやあ参った、参った。あはははは……」

こんな状況でも笑う事ができるのだ。いや、こんな状況だからこそ、腹の底から笑って何もかも吹き飛ばしてしまいたい。地震も、借金も、離縁の辛《つら》さも……。

そして、娘と別れる悲しみも。

「良かった、良かった。生きてて良かったなあ、ほんまに。ははは、はっはっ……うう っ……」

やがて涙が込み上げ、泣き笑いになっていった。

その女子大生の通っていた関西学院大学はここからほんの数キロしか離れておらず、周辺の木造下宿では同年代の学生が大勢命を落としている。家具の配置や寝ていた場所など、ほんの僅かな違いが運命を分けたケースも多かったと聞く。生死の差は誠に紙一重であった。

また、この阪神大震災で、わたしはまったく予想もしていなかった体験をした。それまでは怖くて近寄ることさえできなかった地元のある組織の方々が、救援物資を持って集まって来てくださったのだ。それも地元の方だけではなく、全国から仲間の方々がわたしたち被災者を助けに集まってくださった。パンを配る光景を初めて見た時に、どういう組織の方なのかその外見からすぐに判断できたので、パンは欲しかったけれど、やはり恐怖心のほうが強く、すぐにはその列に加わることができなかった。が、しばらく離れた場所から見ていると、彼らは一人一人にパンを渡す時、「頑張りや、負けたらアカンで」などと声をかけ、手を握っては励ましているのだった。受け取った方は何度も何度も「ありがとう、助かります」と頭を下げ、中には嬉しさのあまり泣いてしまう方もいた。すると彼らも、「こんなに喜んでもろて……」ともらい泣きされている。

その様子を見ているうちに次第にわたしの恐怖心も薄れていき、逆に感動が胸にこみ上げてきた。と同時にわたしも安心して列に並びパンをありがたく受け取った。その時かけていただいた励ましの言葉と手の温《ぬく》もりをわたしは一生忘れないだろう。そしてその夜から半年間も続いた炊き出しにより、寒空の下、冷え切った身体で飲んだ心のこもった温かいスープの味は、おそらく今後どんな高級レストランで口にする食事よりもはるかにおいしいものであったと思う。

一方、そんな緊急援助を必要としていたわたしたちに対し、国が必要な食料を配給し自衛隊を派遣してくれたのは、かなり日時が経過してからの事であった。

その組織の方以外にも、東京から民間警備会社の警備員さんたちが百名も、やはり自衛隊が到着する前に駆けつけてくださったといった話も後から聞かされたのだが、あんな大規模な緊急事態に直面した時にさえ、自衛隊が出動するのには長い時間をかけた会議の承認を経なければならないのが日本の現状なのだろう。そしてそれは政治家の責任というよりは、これまでの日本の習慣なのだから、一朝一夕に解決を望むのは無理なのかもしれない。しかし、ニューヨーク・ツインタワーのテロの際には、二機目がビルに突っ込んだ直後にテロと判断され、飛行機の離陸を即刻中止し被害を最小限に食い止めたと聞いている。あれがもし日本で起こったとしたら、あのような素早い対応が行なわれたかは疑問である。

あの震災直後の彼ら組織の方々の対応の素早さの背景には、組織のトップ方の判断の迅速さと組織のみなさんの団結力の強さがあるのだろう。そして困っている人をほうってはおけないという人情の深さも。そのような資質をもった人こそが政治家になっていけば、今後の日本はもっと良くなっていくように思う。

また、わたしは彼らの正義感の強さに心打たれた。これも国の援助が来る前の事なのだが、一人の男性がトラックにパンを載せてやって来てパンを一個五百円で売っているのを見かけた時の事だ。「ちょっと高すぎるね」と言いつつも、どうしても欲しい人は仕方なくそれを買うほかなかった。そこへ組織の方が来て、「こんなにみんなが困っている時に、足元を見てボッタクリして、それでも人間か。今までボロ儲けしたんやから、残りのパンはタダであげたらどうや」と言ってくれた。パンを売っていた男性は「はい、分かりました」と素直に応じると、わたしたちに無料でパンを手渡してくれたのだった。そしてそれ以降、このようなボッタクリを目にする事はなかった。わたしたちには言えない事を、彼らが面と向かってはっきりと言ってくれたからだと思う。この大震災が起こらなかったら、組織の方々のこのような人間味あふれる一面に触れる機会は、多くの被災者にとって一生なかった事であろう。

〝雨降って地固まる〟のたとえ通り、この震災が夫婦・親子の絆《きずな》を改めて見直すきっかけになり再出発できたのなら万々歳だったのだが、物事はそう甘くない。現実は容赦なく目の前に迫っていた。

わたしと両親が家の片づけをする間、仁志は娘を連れて、義母と義妹一家が住むマンションへ様子を見に行った。そこは倖田家以上に悲惨な状態だったようだ。

住民に大きな怪我《けが》はなかったものの、古い建物だったので半壊状態、そのまま住み続ける事は不可能だという。本来ならば避難所暮らしになるところだ。

だが良くしたもので、わたしが出て行った後の新居にちょうど空きができる事になる。前日までの仁志との話し合いの結果、嫁入りの時に持って行った家具や電化製品はすべて、仁美の生活に不便がないようにと残しておくつもりでいた。そこへこれ幸いと義母と義妹一家が全員転がり込む事になったらしい。まさに絶妙のタイミングで離婚が成立した訳だ。皮肉なものである。

片づけを終え、衣類を取りに新居へ足を運んだ。出迎えた仁志は冷ややかな声でこう通告した。「仁美には、もう二度と会わんでくれ」

二の句が継げず呆然《ぼうぜん》とするわたしに、夫は——いや、そうではない。かつて夫だった男性は——言った。

「金のいざこざが原因で親が別れたやなんて余計な事は、知らん方があの子のためや。おまえは自分の人生、もういっぺん好きなようにやり直せばええ。仁美には、お母ちゃんは地震で死んだと言うつもりや」

わたしにはもう、それに抵抗するだけの気力は残っていなかった。ただ言われるままに自分の衣類だけを持ち、追われるようにして新居を出た。理想のお城だったはずの家を。

あの当時、弁護士を雇って裁判に持ち込むだけの知恵と費用があったなら、と今でも時折考える事がある。

風の噂《うわさ》に聞くところによると、仁美は義妹の娘と本当の姉妹のように仲良く育っているらしい。大勢の家族に囲まれて、寂しい思いをしていないようなのがせめてもの慰めである。二歳までの記憶だと、わたしの顔もおそらく残っていまい。〝地震で死んだ母〟が娘の前に名乗り出られる日は、一生来る事がないかもしれない。

それでもわたしは今も、一日たりとて思い出さない日はない。恐怖に震える小さな身体を折れんばかりに抱き締めた、あの一月十七日の朝を。

時が経つにつれ、地震被害の甚大さは明らかになって行った。死者・行方不明者の数も日を追うごとに増加して行く。わたしはお笑いが大好きで吉本興業の大ファンなので、社長のお宅が西宮だという事を思い出し、社長宅が無事だったかを確かめに足を運んでそれを見届けるとホッとして我が家に戻り再び片づけを続けた。我が家の残る気がかりは、電話が通じないため三重に住む兄に連絡が取れない事だった。さぞかし心配しているだろう。

ところが震災から三日後、兄が一人で家にやって来たのである。

「お兄ちゃん……」懐かしいその顔を見たとたん、張り詰めていた気持ちがふっと緩んで涙がこぼれそうになった。道は至るところで寸断され、交通網もズタズタになっている。ここまで来るだけでも、そうとう苦労したに違いない。万難《ばんなん》を排してわたしたちのために来てくれた……その事が本当にありがたかった。

電気はどうやら使えるようになっていたが、水道とガスは復旧の見通しが立たないままだ。わたしは給水所からポリタンクで運んで来た水を簡易ボンベのガスコンロで沸かし、お茶を淹《い》れた。久し振りに見交わす家族四人の顔である。長男の来訪は、憔悴《しょうすい》し切っていた家族にとって大きな励ましになるはずだった。

だが兄は「大変やったな」と言ったきり、黙り込んでしまった。いつもと雰囲気が違う。何かを言い出しかねているようだ。

父が兄に訊《たず》ねた。「仕事、どうや」

「うん、まあ、ぼちぼち。パソコンがちょっとな。くたびれるわ」蚊の鳴くような声で兄は答える。

母が訊《き》く。「あの人（嫁）も子供たちも、皆元気？」

「おかげさまで」妙に他人行儀な物言いだ。

会話がいっこうに弾《はず》まない。わたしは痺《しび》れを切らし、言ってみた。

「お兄ちゃん、いったいどないしたんな。何やおかしいで。うちらよりずっと疲れてるみたいやんか」

兄はしばらくじっとしていたが、やがて懐《ふところ》から〈お見舞〉と書いた熨斗袋《のしぶくろ》を取り出した。

「こ、これ。十万入ってる。今のぼくらにできる、精一杯の事や。も、申し訳ないが、これ以上は……出せんからな」

つっかえながら話すその様子を見て、わたしはすぐに思い当たった。（お兄ちゃん自身の言葉やない。これは兄嫁の差し金や）

結婚してからの兄は、人が変わったように感じられる事があった。わたしと電話で話す時は、子供の頃と同じように的確なアドバイスをしてくれる気の優しいお兄ちゃんだったが、父や母の前ではまるで演技をしているようにぎこちない態度をとる。片やアイドル歌手のような顔立ちの兄嫁は、見かけも中身もまだ幼さが抜け切れないらしく、新婚当初こそしおらしかったもののの、ずいぶん我《わ》が儘《まま》で兄を困らせているようだ。旅行の帰り、倖田の家に山のような洗濯物を抱えて来て「お義母《かあ》さん、はい、おみやげ」と平然と言ってのけた事も多々あったらしい。母がこぼしていたのを思い出した。

あの兄嫁が兄の心を操っているのだ。夫が温和でおとなしいのをいい事に、我が物顔で悪妻振りを発揮しているのだろう。地震で倖田家がどうなっていようと、雀の涙ほどの見舞金以外いっさい援助する気はないと知らしめるつもりか。

わたしの疑いを裏づけるように、兄は続けて言った。

「これ以上出せと言うんやったら……親子の縁を切ってほしいんやけど」

その場の空気が一瞬固まった。まさかこんな言葉が兄の口から出てくるとは。

やがて母がうつむき、嗚咽《おえつ》を洩《も》らし始めた。父は放心して、熨斗袋《のしぶくろ》を見つめている。この時の二人の悲哀に満ちたやるせない顔を、わたしは今も鮮明に思い浮かべる事ができる。

それにしても、両親自慢の息子だったあの兄が。一度として声を荒らげた事さえなかった兄が、よりにもよって親子の縁を切ってくれだなんて……。ふつふつと込み上げる怒りが黒い渦となって滾《たぎ》る。もう嫌だ。なぜわたしの周囲には、こんな人間たちしかいないのだろう。

わたしは熨斗袋を兄の方に押し戻し、啖呵《たんか》を切った。「もうええ、分かった。お兄ちゃん、帰ってんか。うちがこの家全部、建て直したる。お兄ちゃん夫婦は一銭も出さんでええ。お義姉《ねえ》さんにそう言うとき」

「ミキちゃん……」

「何も言わんでええよ。お兄ちゃんも辛《つら》いやろ。親子の縁を切るなんて、お兄ちゃんが考えついた事やないはずや。倖田の家にはうちがおるから心配要らんて、帰って伝えて」わたしは兄の目をじっと見て、付け加えた。「うち死ぬ気で働くから。もう、後がないんやからな」

あちこちでビルが傾《かし》ぎ、平衡感覚も狂ってしまいそうな街の中を、兄は背中を丸めて帰って行った。

その頃から、会社での仕事と家庭での妻の存在、両方の重圧と軋轢《あつれき》に耐え切れず、兄の心身は変調を来しつつあったのである。


人生において何がどう作用するのかは、本当に予測ができないものだ。あれほど買い手が付かなかった小さな旧宅は倒壊を免れ、阪神大震災のすぐ後に言い値で売却され、仁志が代金を受け取った。

あの二重ローンの苦労は何だったのか。わたしにとって家とはいったい何なのか。

それを何度も自分に問うてみた。でも、答えは出ない。どっちみち、済んでしまった事をあれこれ考えても仕方ない。後ろを振り返ってみたところで状況が進展する訳ではなかった。今はただひたすら、前に進むしかないのだ。わたしは明日が好きやねん！

離縁の代償の千三百万に甲子園の家の修復代金を加え、合計二千万円以上のお金がすぐに必要だった。とんでもない金額だが、それでも神様はお見捨てにならなかった。途方に暮れるわたしを見かねた当時の書道の先生と母方の親戚《しんせき》とが、無利子で立て替えてくださったのである。

「銀行に預けてもほとんど利息が付かんご時世やからね。だったら、ミキちゃんの役に立った方がずっとええわ」という言葉を聞いたこの時ほど、人の情けが身に沁《し》みた事はなかった。

とは言え、膨大な借金が肩に覆い被《かぶ》さっている事に変わりはない。早急に仕事を見つけてお金を稼ぎ、返済しなければ。わたしを信じて親切に手を差し伸べてくださった方々を裏切る訳には絶対にいかない。

わたしはある医療機器販売会社の営業の仕事に就いた。手っ取り早く儲《もう》けを得るには、歩合給の高い営業職に賭《か》けるしかない。健康指導員という名目で、一台数十万円もする生体電子治療器のセールスに飛び回る毎日が始まった。

自宅の風呂は使い物にならなかった。銭湯もまだ復旧は見込めない。朝、水を使わなくて済むスプレー式のシャンプーで髪を洗い、スーツを着て家を出る。デモンストレーション会場や広告への問い合わせを通じて興味を示した人の下《もと》へ出向き、最初に自費で購入してあった二台の治療器を貸し出すのだ。口でああだこうだ説明するより、実際に体験してもらった方が早い。一、二週間も使えば何らかの効果が出て来る。そこで落としにかかるのである。

売らんかなの姿勢で迫るばかりでは、お客の腰が引ける。健康のためにぜひこれを使って欲しいという願いを本気でぶつける事が大切だ。このあたりの心の持ちようが、結果的に数字に跳ね返って来る。セールスのコツは、本気で相手の気持ちになれるかどうかに尽きると言えよう。

娘に会えない寂しさを紛らすため、わたしは馬車馬のように毎日仕事に励んだ。それでも悲しくてたまらない日もあった。そんな時にはやはり腹の底から笑うのが一番と思い、気分転換のためにセールスの仕事の合間に大阪難波の吉本の舞台を見に行った。吉本の芸人の皆さんのおかげで元気が出、仕事も精一杯がんばることができた。同様の思いを抱いている人もきっと多い事と思うと、笑いの大切さをしみじみ感じるのだった。

生体電子治療器の営業もそれなりの結果は出せていたが、多額の借金を返すにはとても間に合わない。わたしはセールスの仕事を終えた夜間、病院の付き添い看護をする事にした。水商売というのも考えないではなかったが、思うように睡眠が取れない仕事では身体がもたないだろう。付き添い看護なら、仕事が一段落すれば三時間程度の仮眠を取る事ができる。昼はセールスをし、夜の八時から朝の六時まで病院で働き、その後はファーストフード店で早朝掃除の仕事をした。夜となく昼となく、片時も休まず、身を粉にして働いた。

しかし、借金はそう簡単に減りはしない。長い長い真っ暗なトンネルを、一人とぼとぼ歩く毎日だった。ぼろ布のように疲れ切った身体を付き添い人用の簡易ベッドに横たえ、三十数年間の人生を振り返る。辛《つら》い思い出ばかりが次々と浮かんでは消えて行く。

死にたい、と何度も考えた。（このままずっと目が覚めんかったらええのに……そうしたら楽やろな。自殺しよう。睡眠薬飲もうか、それともガスにしようか……）

それでも朝が来ると、なぜか身体がベッドから自然と離れて動き出してしまう。

あの地震で、六千四百人以上もの方が無念にも亡くなられた。その方々のためにも、そして幼い命を落としたターくんのためにも、助かったこの身を粗末にしてはならない。自分にそう言い聞かせ、終わりなき闇《やみ》の中をさまよっているような日々を、必死の思いで耐えた。

生きていれば、いつかは仁美に会える日が来るかもしれない。その思いだけがわたしを支えていた。街中を家族連れが楽しそうに歩いている姿を見ると、胸をかきむしられるような心地がした。近寄って叫びたくなる。

（わたしにも家族がいるんです。本当はいるんです……）

夜の公園で背中の娘に子守り歌を聴かせながら、どんな事があっても守り抜くとあれほど誓ったのに……。ズタズタに傷ついて血を流している心を抱え、わたしは毎晩あふれる涙で枕《まくら》を濡《ぬ》らした。

子供を失い、家族の絆《きずな》を断ち切られ、借金の苦しみは真綿のようにわたしの首を絞める。下の下の下の状態――どん底であった。働いても働いても、トンネルの出口は見えない。精神的には落ち込む一方だった。アルコールに逃げる事ができたらどんなに楽だっただろうと思うが、あいにくわたしはお酒が一滴も飲めなかった。

このままの状態が続いていたなら、いつか緊張の糸がプツンと切れて、道を踏み外していたかもしれない。そう、もしもあの時の友の言葉がなかったなら。

その日も、わたしの気分は滅入《めい》っていた。会社に勤めていた頃の大親友である晶子が久し振りに電話をくれ、喫茶店で会う事になった。ターくんの葬儀以来の再会である。

二人の共通の知人もこの震災で亡くなっている。そんな故人の思い出話をぽつりぽつりとするうち、晶子が言った。「ミキちゃん、ずいぶん疲れてるみたいやね。どないしたん。仕事、大変やの？」

同期入社の友人間で一番仲の良かった彼女に、わたしは溜まっていた胸の内の苦しみを吐き出した。堰《せき》を切ったように涙があふれてくる。洗いざらいすべてを話した。借金の事、離縁の事、娘の事……。

「自分なりに一生懸命やって来たつもりやのに、何もかも壊れてもうた。おまけにこの震災や。家の中も外もめちゃくちゃ……。ねえ、何でうちだけこんな目に遭わなあかんの？　教えてよ。どないしたらええのか、分からへん。辛《つら》いよ……もう嫌や、死にたい。神様なんておらへんわ。誰かに殺してもらいたい……」

嗚咽《おえつ》が止まらなかった。相手が普通の心弱い女性だったら、貰《もら》い泣きをするか言葉もなくオロオロするか、いずれにせよ同情の気持ちを示す以外に為《な》す術《すべ》もなかっただろう。ところが彼女はそうではなかったのだ。その口から出た言葉は、わたしをガツンと殴ったのにも等しい衝撃を持っていた。

「あんたなあ、死にたいんやったら、死んでもええで。そらミキちゃんの勝手やさかい、好きにしいや。そやけどな、あたしの期待を裏切らんといてくれる？」

わたしは思わず顔を上げた。

「あんた、書道はどうしたんよ。あの頃夢中でお稽古《けいこ》しよったやんか。ほんで、死ぬまでに自分の作品集出すって言うとったやん。七十歳になるか八十歳になるか分からんけど、いつかきっと書道の作品集出したいって」

目から熱い滴《しずく》と一緒に暗雲が流れ落ちていく。光が一筋、見えたような気がした。

(そうか……わたしには書道があったんや)

「あたしはな、それを楽しみにしてるんよ。どんなんができるやろか思てな。死ぬんなら、それ作ってからにしてんか」

晶子の言葉はわたしの気持ちに火を点《つ》け、萎《な》えていた身に再び生きる力をくれた。

(世の中にたった一人でも、うちの作品集を楽しみに待っててくれる人がおるんや……。やっぱりここで死んだりしたらあかん。よし、借金全部返したら絶対に作品集作ったるで。何年かかっても構へん。マイナスからゼロにして、いつかプラスに転じさせてみせる)

晶子の顔を見るうち、わたしは澱《おり》のように淀《よど》んでいた胸のつかえがすうっと晴れていくのを感じた。

「忘れとったよ、作品集の事。思い出さしてくれておおきに、ありがとな」

「約束したで。気張りや」
親友が笑って応《こた》えてくれた。

忙しい毎日の中で、何とか筆を持つ一時《ひととき》を見つけたい。ご住職をされている書道の筑間先生に相談したところ、写経を勧めてくださった。だが、セールスで外を出歩く昼間は無理である。夜、付き添いの時にしか時間はない。

当時のわたしの担当患者は、脳腫瘍《のうしゅよう》を患《わずら》っている老婦人であった。部屋の掃除や整頓《せいとん》の他、点滴の監視やおむつ交換、清拭《せいしき》からマッサージまで、誠心誠意お世話させていただいていた。それでも意識が時々混濁し、予断を許さない状況が続いていた。もう残された命の灯火《ともしび》は少ないかもしれない。

けれど治るものならどうか治ってほしい。そう思い、わたしは見舞いに来られたご主人に思い切って言ってみた。

「ぶしつけなお願いかもしれませんが、奥さまの全快を祈って、仕事の合間に写経をさせていただけませんか。もちろん付き添いの仕事は今まで通り、きちんとやらせてもらいます。十分でも二十分でも、空いた時間に書かせていただきたいんです」

ご主人は快諾してくれた。「女房のために、そこまでしてくれはるんですか。ありがたい事です。どうぞ、書いてやってください。お願いします」

夜、どの患者も寝静まった頃、わたしは病室で筆を執《と》った。久し振りに嗅《か》ぐ懐かしい匂《にお》い。心を込めて墨を磨《す》り、写経用紙に向かって束《つか》の間の精神統一を行なう。

大乗仏教では、写経は仏への供養であるとともに、世のため人のための功徳《くどく》だと捉《とら》える。病気全快祈願の写経は決して不自然な事ではないのだ。

「般若心経《はんにゃしんぎょう》」の二百七十六文字に全神経を集中した。

〈色即是空　空即是色……不生不滅　不垢不浄　不増不減……〉

この世においては、すべて存在するものには実体がない……生じたという事もなく、滅したという事もなく、汚れたものでもなく、汚れを離れたものでもなく、増える事も減る事もない……。

〈羯諦　羯諦　般羅羯諦　般羅僧羯諦　菩提娑婆呵　般若心経〉

……往《ゆ》ける者よ、往ける者よ、彼岸に往ける者よ、悟れよ、幸あれ。

普通なら一時間近くかかるところを二十分で書き上げた。墨痕《ぼっこん》鮮やかな文字の一つ一つを見ていると、来し方の様々な映像が脳裏をよぎって行く。幼く愛くるしかったターくんの姿。明

る く無邪気な仁美の笑顔。宗教というものにまったく縁のない身でありながら、般若心経の韻律を口の中で転がすように唱えていると、精神がすうっと平らになっていくのが分かる。不思議な体験であった。

夜中の写経を始めて以来、わたしを見る周囲の目が変わって来たように思える。ある時、見知らぬ中年の女性患者から声をかけられた。

「写経してはる付き添いさんて、あんたなの。まだ若いのに、何か事情がおあり？」

わたしは答えた。「震災で壊れた家を修理するために、昼も夜も働いているんです」

「大変やねえ。昼は何してはるの？」

「生体電子治療器の営業です」

「へええ、そうなの。生体電子治療器ねえ」思いがけない事に、彼女は興味を持ってくれたようだ。「ねえ、あんたが売ってるその器械って、どんなん？」

事態は予想もしていなかった方向に舵《かじ》を切り始めた。この女性の口コミのおかげで、病院中から治療器の引き合いを受けるようになったのである。営業活動など何もしていないのに、「あんたが扱ってる器械やったら買いたい」と言う人が次から次へと現れたのだ。欲しいと言われるのだから、こちらも断る理由はない。

入院患者たちは皆、口々に言う。

「元気な時やったら、お金があったら旅行に行きたい、おいしいもん食べたいで終わってた。でもな、病気になってみて初めて分かったわ、健康が一番ありがたいってな」

「四十万で健康が手に入るなら安いもんや」

中には、「たとえ治らんでも、まあしゃあないわ。あんたが売っとるもんやったら構へん、買うわ」とまで言ってくれる人もいた。

まさに〝人生万事塞翁《さいおう》が馬〟を地で行くような展開だった。この時を境に、わたしの扱う生体電子治療器は売れに売れ始めた。おかげさまでわたしは、トップセールスを挙げ営業所で表彰される事になったのである。


評判が評判を呼んだおかげで固定客も増え、まとまったお金が手に入り、一時のどん底状態から完全に脱する事ができた。その後も生体電子治療器の営業は順調だった。震災から一年が過ぎた頃、体力の限界を感じて付き添いの仕事は辞めてしまったが、それから半年ほどで借金はすべて完済した。家の修理も滞りなく完了した。マイナスからゼロになったのだ。後は自分の力でプラスに持って行くだけである。

心の中で親友に呼びかけた。トンネルの出口はもうすぐやで。夢を実現するその日まで、待っとってな。必ず約束守るさかい……。

震災からほぼ二年、神戸の街にもようやく復興の兆《きざ》しが見えてきた頃、わたしは実家を出て大阪市内にマンションを借り、独り暮らしを始めた。仁美の事を思って眠れない夜もあったが、胸には再び明日への希望が宿っていた。わたしは明日が好きやねん！

しかし運命はこの後、またも残酷な一面をわたしに見せつけて来るのである。

第五章　命の意味

ほとんどの人は周りの笑顔と祝福に包まれ、おぎゃーと泣き声をあげながら生まれて来る。願わくば死ぬ時にはそれと反対に、周りの人が泣いている中、笑顔を浮かべて旅立てるような人生を送りたいものだ。

兄の事を考えるたび、わたしは命の持つ意味に思いを巡らし、もう一度問いかけたい気持ちに駆られる。お兄ちゃん、どうして、笑顔で死ねるようないい人生にしようと思わんかったの。どうして怒らへんかったの。どうして幸せを諦《あきら》めてしもたの……。

三重に住む兄から電話があったのは、実家の修理も終わってわたしがようやく借金地獄から解放された頃である。あの地震の後に別れて以来、声を聞くのは久し振りだ。

「ミキちゃんか。あん時は、いろいろとすまんかったなあ……堪忍してや」

その沈んだ口調を聞いて、わたしは以前の確執を水に流す気持ちになった。

「お兄ちゃんなあ、もう、ほとほと疲れたわ……」

電話口でうなだれている様子が目に浮かぶような物言いである。いったい何があったのだろう。

「お兄ちゃんが所長してる営業所がな、パソコン使った在宅勤務のモデルオフィスになってん。

お兄ちゃん、ほんまにコンピューターがあかんやろ。画面見てると吐きそうになるんや。分からんとこを他の社員に訊《き》くと、嫌な顔されるしなあ。その上新入社員が仕事覚えてくれへんさかい、お兄ちゃん一人が毎日毎日残業や……」

文系出身の兄は、もともと機械が大の苦手であった。現在勤めている塗料販売会社でも、戸惑う事が多かったらしい。それにしても今回は、かなりひどいスランプのようだ。「そんな事ばかりしとったら、お兄ちゃん、身がもたへんよ。本来の仕事が疎《おろそ》かになるんと違う？　それじゃ新入社員も伸びんと思うよ」

「そやけどなあ……。前は優秀な社員がおってんけど、どんどん辞めてもうてな。出来の悪い連中ばかり残ったよ。誰もまともに仕事せえへん。上も下も無責任なやつばっかりや」

「環境変えたらどう？　いつか言うとった転勤の話はどうなったん？」

海外勤務の話があると以前兄が言っていた事を思い出し、わたしは水を向けてみた。

「断った。英語に自信がない、言うてな」

「そんな嘘《うそ》や。お兄ちゃん、昔から海外で暮らすのが夢やったやないの。そのために大学時代、イギリスに留学したんやろ。何で断ったん？　もったいない……」

兄はいつもの通り事実を隠して自分のせいにしようとしているが、よくよく聞いてみると、英語をまったく話せない兄嫁が猛反対したため、諦《あきら》めたらしい。

「だったら、会社辞めれば？　そんな嫌な仕事、我慢してする事ないやん」

「それもあかんのや。女房に怒られてしもてん……」

転職しようかと打ち明けた兄を彼女は、この不景気に辞めてどうする、自分と子供はどうやって生活していくのだ、と責め立てたらしい。悩みや愚痴を聞いてくれるでもなく会話は擦れ違うばかり、まるっきり話にならない、と兄は悔やんだ。

「恋愛と結婚は別に考えんとあかんかったなあ。一緒に暮らしてみて、初めて分かった事ばかりや。考え方も価値観も違いすぎる相手やった。仲のいい夫婦を演じるのも、もう疲れたわ。見る目が甘かった……」

「離婚すればええんよ」迷わず本心から言った。人生はいつでもどこからでもやり直しがきくと、信じて行動して来たわたしである。「このままやと、お兄ちゃん、駄目になってしまうよ。今からでも遅くない。後悔してるんなら、早別《はよ》れたほうがお互いのためやで。二人の子供は、うちが面倒見てもええよ。ターくんと仁美と思って育てるから」

「離婚か……」兄は一瞬考え込んでいたが、やがてため息をついた。「ミキちゃんは強いなあ……。ぼくにはでけへんよ。子供がかわいそうや。あんな女房でも、子供には大事なお母ちゃんやからな……」

その後、またしばらく沈黙があった。ややあって、言いにくそうに兄は切り出した。

「あのなあ、ミキちゃん……お兄ちゃん、一生に一度の頼みがあんねん。しばらくの間、時々誰にも内緒で会社宛にお金を送ってもらえんかな。できる範囲で構へんから……」

兄に正面切ってお金の無心をされるのは初めてだった。これはそうとう深刻な事態である。気が弱くて神経の細やかな兄は、ストレスを解消するのが上手ではない。せめてパーッとお金を使う事で日頃の憂さ晴らしをしたいのだろうか。

「ええよ。それでお兄ちゃんが元気になるんなら、いくらでも送ってあげる。うちもこの頃、やっと余裕が出てきたから大丈夫」と応《こた》える。

「本当に迷惑かけてすまんなあ。退職金か何かでまとまった金が手に入ったら、女房が何て言うても必ず返すさかい、頼むわ」

「構へんよ」わたしは得意の台詞《せりふ》を吐いた。「お金で解決できるなら安いもんや」

それ以後わたしは自分の生活費を切り詰め、約束した通り兄に宛《あ》てて毎月相当額のお金を送り始めた。何の変哲もない茶色の書類封筒に入れ、仕事関係の郵便物に見せかけて会社経由で送るのである。お兄ちゃんのためだったら何でもしよう、という気持ちになっていた。子供の時、喧嘩《けんか》に負けて泣きながら帰って来た兄を見て、「誰にいじめられたん？　うちが敵討《かたきう》ちしたる！」と勇んで出て行った事を思い出す。

その頃わたしは、二度の離婚と辛《つら》かった過去の失敗を生かす道を探そうと考え始めていた。個人で結婚相談所のようなものを開設し、伴侶《はんりょ》を選ぶに当たって迷ったり悩んだりしている人たちに、自分の経験を基にしたアドバイスや良縁の紹介などができないだろうかと。この時はまだ夢にすぎなかったが、いつか開設の準備が整ったなら、万一兄が職を失う事になっても共同経営者として協力してもらえるかもしれない。

小さい時から一番の理解者だった兄。いつも優しく穏やかで、どんな事でも親身になって相談に乗ってくれた兄。この世でたった一人の、わたしのお兄ちゃん。息子を亡くし、夫に去られ、娘を奪われた今、わたしが心を寄せる事のできる係累は兄だけだ。

送金後、二、三度は「お金が届いた。ミキちゃん、ありがとな。恩に着るよ」という電話があったものの、以後は連絡が途絶えてしまった。その間、兄の心境にどのような変化があったのか、今となっては知る由もない。それでもわたしは理由を訊《き》かずに送金すると決心した以上、余計な事は詮索《せんさく》しない方が兄も気が楽だろうと考えていた。そして〝便りのないのは良い便り〟のたとえを持ち出し、（自分の時間とお金を使って好きなように気分転換しているのだろう。仕事も家の中も落ち着いたのかもしれない）と、良い方に解釈してしまったのである。

それが後々、また一つ後悔をわたしの胸に残す事になるとも気づかず……。

兄から最後に連絡があって以来、十カ月ほど経った平成十年二月二十日。

朝まだ早い時間、わたしはただならぬ胸騒ぎを覚えて飛び起きた。思わず布団を跳ねのけると、ぐっしょり寝汗をかいている。悪い夢を見ていたようだが、何も覚えていない。しばらくそのまま放心状態で座っていたが、やがて気を取り直して起き上がった。

それにしても、これほど寝覚めの悪い思いをしたのは生まれて初めてだった。重い気分と痛む頭を抱え、朝食を作る気にもなれずに身支度と化粧だけを早々と済ませる。

電話が鳴ったのは、その時だ。時計を見ると午前七時前である。こんな朝早くに電話をかけてくるような相手は心当たりがない。

鳴り響くベルの音が、救急車やパトカーのサイレンのように聞こえた。眼前にはなぜか、あの阪神大震災の朝に見た街の惨状がよみがえる。嫌な予感を振り切るようにしながら、わたしは胸の動悸《どうき》を抑えつつ受話器を取った。

「もしもし、ミキちゃん？　ご無沙汰《ぶさた》してます」

兄嫁の声だった。この人がわたしに直接電話をかけて来るなど、一度もなかった事である。兄の身に何かあったのだろうか。「いったい、どうしはったん」

「あのさあ……実はこの頃、うちの人がちょっと変なのよ。仕事から帰って来てご飯も食べずにぼうっとしてたり、話しかけても返事しなかったり……」

「いつから？」

「去年の四月ぐらいかなあ……」ちょうど兄からの連絡が途絶えた頃である。「それでね、ミキちゃんが何か知らないかと思って。うちの人、あなたにはよく話をしてたみたいだからさあ」

間延びしたその物言いに苛立《いらだ》ちながらも、わたしは努めて平静な声を出そうとした。「仕事が大変ていう事以外、うちは何も聞いてへんわ。お兄ちゃんは今、おらへんの？」

「もう仕事に行ったのよ。いつもよりずいぶん早い時間なんだけど。夜の残業だけじゃ終わらないんじゃないのかしらね。今朝はまた、いちだんと様子がおかしかったみたいだけど……」

（何やて？　そんなに普通やなかったんなら、どうして家に置いとかんのや。アホ！　今のお兄ちゃんにとっては、休養が一番の薬なんや。もっとも、家におってもあんたと顔を突き合わせとるんじゃあ、気の休まる暇はなかったやろけどな）

そう怒鳴り散らしたいのをぐっとこらえ、「休ませれば良かったのに」とだけ言った。

「そんな事言ったって、今日はあたしもあの人の面倒見てられないんだもん。上の子の学校の用事で出かけるのよ。娘一人じゃ留守番できないから、倖田のお義母《かあ》さんに子守りに来てくれるようお願いしてるのよね」

自分の実家は遠いので頼む訳にはいかなかったという事か。都合のいい時だけうちの親を利用するのは、昔からである。

「その事、お兄ちゃんも知ってるん？」

「うん。お義母さん来るの、楽しみにしてたと思うよ」

「そう。お母ちゃんがそっち着いたら、もういっぺん連絡して」

わたしはそう言って電話を切った。母に、兄の営業所に連絡を取って早退するよう言ってもらうつもりだった。親戚《しんせき》の誰かが危篤という事にでもすればいい。とにかく、ゆっくり休ませて、話を聞いてあげなければ。兄嫁がいないのならかえって好都合である。兄も日頃の憂さを母に話す気になれるかもしれない。

そう考えて自分を納得させようとしたものの、電話を待つ間ずっと心臓は早鐘のように打っていた。胸騒ぎがどす黒い不安に形を変え、有毒ガスのように全身を蝕《むしば》み始める。

およそ一時間が経過し、ようやく電話のベルが鳴った。待っていたはずなのに、その音を聞いて飛び上がりそうになる。深呼吸を一つしてからおもむろに受話器を取った。「もしもし?」

「ミキか。わしや」

意外にも、実家の父だった。「いったいどうしたの」

ややあって、父は震える声で告げた。「お兄ちゃんが、どないしたんよ!」

「お兄ちゃん? お兄ちゃんがな……」

「お兄ちゃんが……死んだ」

「なんでや、自殺でもしたんか」と言ったきりわたしはその場にへたり込んだ。

なぜ、どうして、と矢継ぎ早に質問を浴びせるわたしに、「詳しい事はわしも分からんのや。今から大急ぎで喪服の準備をして家を出るさかい、鶴橋の駅で落ち合って一緒に行こう」と父は言った。

三重に向かう電車に揺られながら、二人ともうつむき押し黙っていた。頭が混乱して何も考えられない。あの日、兄が沈んだ声で電話をかけて来た時以来、恐れていた中でも最悪の事態が起こってしまったのだ。ずっと残業続きだと言っていた。いったい何が兄の命を奪ったのだろう。過労？　事故？　それとも……。

　重苦しい心境で兄の自宅に着いた。兄はすでに、病院から無言の帰宅をしていた。いつもより早く家を出て、誰もいない営業所で首を吊《つ》ったのだという。自死だった。警備員が見つけて救急車で病院に運ばれたが、すでに意識はなく手遅れだったらしい。警察による検死には兄嫁が立ち会ったとの事だった。

　社員自殺の報を受けて、兄が属していた部門のトップに当たり兄夫婦の結婚の仲人をしてくださった人が直ちに名古屋支社から駆けつけた事を、後で母から聞いた。その人は形だけのお悔やみをそそくさと済ませると、こう言ったという。「小さいお子さんもおられる事だし、倖田くんが自殺したというのは他言しない方がいいのではないですか。普段通りに出社したところ、突然の心臓発作で倒れた。急いで救急車を呼んで病院に運んだが手当ての甲斐《かい》なく亡くなられた、という事にしておきましょう。ご了承いただけますね」

　他人の子供の将来を慮《おもんぱか》っているようでいて、実は会社の体面が何よりも大事なのだ。企業なんて冷たいものである。

　座敷に横たわり白い布を顔に被《かぶ》せられている兄を見て、わたしは絶句した。病弱だった少年時代は洗濯板と呼ばれるほど痩《や》せていた兄だが、近頃では中年らしい貫禄《かんろく》が出てまるで力士さながらだった。その大きなお腹が真っ平らになっている。腕や脚もガリガリで、別人のようだ。そっと近づいて顔の布を取ったとたん、こらえていた涙がどっと迸《ほとばし》った。頬はげっそりとこけ、まぶたは紫色になっている。どうしてここまで追い込まれなければならなかったのか。誰にも救ってもらえず死んで行った兄が不憫《ふびん》でならなかった。

（誰が、何のために、うちのたった一人のお兄ちゃんをこんな目に遭わせたんや……）

瘦《や》せ細って変わり果てた兄を食い入るように見つめ、わたしは人目も気にせず号泣した。

その夜、わたしと母と兄嫁の三人で遺体のそばに座り、線香の灯《ひ》を絶やさないよう寝ずの番をした。焼香に訪れてくれた方々の前ではやつれた表情を見せ何も話さなかった兄嫁であったが、身内の女性同士だけになった気安さからか、こんな事を口にした。

「あたしがこの人を死なせてしまったのかもしれない……。仕事の事で悩んで会社辞めたいって洩《も》らしてたのに、『今そんな事言ってどうするの、弱音吐くのやめてよ』って逆にプレッシャーかけてしまった。近頃では、食事もまともにしない事が多くなって……夜寝てても急に飛び起きたり、ぶつぶつ独り言を言ったりしてた。それでもあたし、うっとうしいと思うばかりで、ろくに話も聞いてあげなかった。残業で遅く帰って来ても、先に寝てて何もしなかったし。あたしのせいだわ……」

彼女は嗚咽《おえつ》を洩らし始め、握り締めたハンカチでまぶたをしきりに拭《ぬぐ》った。母はそれを見て貰《もら》い泣きしながら、懸命に慰めている。

「そんな事あらへんよ。あの子に死なれて一番辛《つら》いのは、妻のあんたやないの。自分を責めたらあかんで」

しかしわたしは、兄嫁の嘆き振りを見ても素直に同情する気になれなかった。夫婦の間にはとうに亀裂が入っていたはずなのに、今さら何を取り繕っているのだろう。そもそも、会社で身の縮む思いをしていた兄をどうしてそこまで追い詰めたのか。生きる力の源、砂漠の中のオアシスであるはずの家庭で安らぎが得られなければ、まさに四面楚歌《しめんそか》ではないか。さめざめと涙を振り絞る兄嫁の様子を見れば見るほど、わたしの心は冷めていった。

翌々日、思いがけないほど大勢の方が兄との最後の別れに訪れてくれた。会社関係の参列者は皆、急性の心臓発作による死と聞かされて来たらしく、突然の出来事にお悔やみの言葉も浮かばない、というような事を一様に言っている。

家族席に座ったわたしは、焼香を行なう会葬者に頭を下げながら、今朝の親族会議の場面を思い返していた。

親族代表の会葬御礼を誰が述べるか話し合う段になって、何と喪主である兄嫁が「人前での挨拶《あいさつ》なんかできない」と言い始めたのである。それではと、うちの両親にお鉢が回ってきたのだが、二人とも後込《しりご》みしてしまい話にならない。そこで兄嫁は自分の父にその役を振る算段をしていた。

わたしはこれを聞いて、とうてい納得いかなかった。結婚式なら両家を代表してどちらの親族が挨拶しても構わないが、葬儀の場合は血縁関係のある人間が行なうべきではないか。ここはやはり、倖田の家から誰か出るのが筋であろう。

そう思い、葬儀社の係員に相談してみた。答えは、「それが本来のやり方です。故人から見て血の濃い方がご挨拶されるべきでしょう」というものだった。話し合いの内容を一部始終告げると、「それならば、妹さんであるあなたがご挨拶なさったらいかがですか？　女性がしていけないという理由はありませんよ」とアドバイスしてくれた。

ところが倖田の親戚《しんせき》の面々は皆、女の挨拶なんか見た事がないと猛反発する。わたしはやるせない思いに駆られた。新世紀ももう目前だというのに、いまだにこの「家」を支配しているものは旧態依然とした黴臭《かびくさ》い男尊女卑の感覚なのだ。

わたしは言い返した。「それは今まで人前で挨拶できるような女性が、うちの親戚におらんかっただけやろ。男性やったら誰かてきちんと物が言えるとは限らんのとちゃう？　今はなあ、『男やから』『女やから』ていう時代やあらへんで」

このようなやり取りがあって、結局わたしが親族を代表して挨拶する事になったのである。前に立ってマイクを持つわたしを、兄嫁と母はずっと不安そうな顔で見ていた。兄の死因に関する真実を口にするのではないかとハラハラしているのだろう。

「本日はご多忙のところ、兄の葬儀にお集まりいただき、誠にありがとうございました。こんなに多くの方々に見守られ、兄も満足している事でしょう……」涙があふれる。兄がこの世に生を受けてから旅立つまでの生涯を簡単に述べるうち、様々な場面が映画館のスクリーンのように眼前に姿を現した。家族皆で海水浴に行った事、初恋を失った辛《つら》さを兄に打ち明けた事、大学進学を断念した時一緒に泣いてくれた事……思い出はとめどなく広がっていく。わたしにとって兄は、たった一人の心優しい同志だった。

涙は後から後から頬を伝うけれど、言葉は一字一句詰まる事がなかった。天国からお兄ちゃんが、そしてターくんが見守ってくれていたのかもしれない。

挨拶も終わりに差しかかった。

「兄は休む事なく働き続け、あっと言う間に遠いところへ行ってしまいました。わたしが健康のためプレゼントした生体電子治療器も、本人の知らないうちに『家が狭いから』という理由で送り返されてきたのです。せめてあれを使ってくれていたならと、今は残念でなりません。最後にどうか皆様、遺《のこ》された幼い子供たちを温かく見守ってくださいますよう、心からお願い申し上げます。本日はありがとうございました」

火葬場に向かい、兄の遺体を荼毘《だび》に付した。閉められた炉に火が点《つ》くと、たまらなくなったのか母がわっと泣き崩れた。わたしは励ますようにその肩を抱いた。

「お母ちゃん、泣くのは後にしよ。周りの人も余計悲しくなるから。うちだって泣きたいんよ……思いっ切り。でもな、もうちょっとだけ頑張って我慢しようや。そんなに泣いたら、お兄ちゃんだってきっと辛《つら》いよ……」

この時である。それまでメソメソ泣いてばかりいた兄嫁がつかつかと目の前に来たかと思うと、小柄な身体を精一杯伸ばしてわたしに平手打ちを浴びせたのだ。一瞬、何が起こったのか分からなかった。その目は憎悪に燃え、ギラギラと光っている。

ややあって、わたしの中にも怒りが込み上げてきた。「何であんたに叩《たた》かれなあかんねん。言いたい事があるんやったら、口で言いや！」

身を震わせながら肩で息をしている彼女を、わたしはじっと睨《にら》み返した。言葉は何一つ返ってこない。

兄嫁の父が彼女とわたしの間に割って入り、無言のうちに二人を引き離した。

それ以来、わたしはたびたび過呼吸の発作に見舞われるようになった。前触れもなく突然息苦しくなり、声も出なくなって、目の前に星が飛び意識が薄れていく。自分ではどうしようもない苦しみである。精神的ショックやストレスが引き金であるらしいのだが、これといって有効な治療法もないという。

兄の初七日法要の最中にも発作が起こったため、わたしは別室で横になっていた。いろいろな感情が頭を去来するに任せて。

生前と変わらない遺影の穏やかな表情を思い浮かべる。兄がこちらに向かって微笑《ほほえ》みながら、「ミキちゃん、いろいろありがとう。逝ってしもてごめんな。後はよろしく頼むで」と語りかけているように思われて仕方なかった。

兄はなぜ自殺してしまったのだろう。わたし自身、何度も死にたいと考えた事がある。でも最後の最後でいつも思いとどまり、実行はできなかった。だからこそ、本当に自らの命を絶つ決心をする事の大変さがどういうものか、分かる気がするのである。

生きるという事は兄にとってどんな意味があったのか。兄にとって命とは何だったのか。わたしはどうしてもその答えを知りたかった。

自殺者の遺《のこ》された家族は、世間を憚《はばか》るような生き方を余儀なくされる事が多いという。悪い事もしていないのに、人の噂《うわさ》や白い目に耐えながら、時間が癒《いや》してくれるのをただひたすら息を潜めて待つばかり……。兄の場合、成人しており家族を持つ身であった。いじめを苦にして自殺する中学生とは事情も違う。分別のある大人の行動なのだから、責任はすべて精神構造の弱かった本人にある、というのが一般論かもしれない。

けれど、兄が旅立ちの舞台にあえて勤務先の営業所を選んだ理由は何なのか。そこには何らかの背景があるはずだ。少なくとも死の直前、兄がどんな仕事を任されどのように負担を感じていたか、遺族に説明する義務が企業にはあるのではないか。わたしは兄の自殺をひた隠しにしようとする「会社として」の対応でなく、「人間として」の誠意が欲しいという気持ちを抑える事ができなかった。

わたしは名古屋支社に電話をかけ、兄の直属の上司だった人と話をした。倖田の妹だと名乗ると、最初こそ「このたびは……」と丁重な対応をしてくれたが、兄の仕事内容の詳細を知りたい旨を伝えたとたん、態度を硬化させる。

「こちらには何の落ち度もありません。むしろ被害者と言ってもいいくらいですわ。うちの社員は皆、お宅のお兄さんが抜けた穴を埋めるのに大変忙しい思いをしておるんです。今更事を荒立てるような事はなさらない方が得策ですよ」

言うに事欠いて、「抜けた穴」とは何事か。胸をぎゅうっと締めつけられるように感じたとたん、またも過呼吸の発作に襲われた。喉《のど》の奥が急激に狭くなり、目の前が真っ白になって星が飛ぶように感じる。息ができない。袋を口に当て、自分の吐いた息を吸い込むうちに、だんだんと治まってくるのである。この頃のわたしは、どこへ行くにもビニール袋を手放せなくなっていた。

その後も何度か元上司と話すため営業所に電話をしたが、席を外していると言われる事が多くなった。伝言を残しても連絡は来ない。明らかに居留守を使っているのだ。兄の自殺を会社ぐるみで隠蔽《いんぺい》しようというのだろうか。

こうなったら実力行使に出るしかない。わたしは三重営業所を管轄している名古屋支社に出向き、支社長に直接面会を求めようと決心した。ところが、名古屋へ向かう電車の中で再び発作に見舞われてしまった。しばらくビニール袋を口に当てていたが、なかなか治まらない。声が出ないので、筆談で車掌に伝える事にした。

〈わたしは今、過呼吸症候群という病気の発作で声が出せません。しばらくしたら治るのですが、今から行く予定の場所に電話を入れていただけませんか。この電車が十時過ぎに名古屋に着くので、十一時には会社にお伺いすると伝えてください……〉

車掌は親切にも、車内電話を使って名古屋支社の総務課に連絡を取ってくれた。向こうから返ってきた応答は、「電車が着く時間に駅ホームまで迎えに参ります。会社の名に懸《か》けてお約束します」であったという。

ところが、名古屋に着いても迎えの人間など来ていなかった。しばらく待ってみたが、誰も現れない。「会社の名に懸けて」が聞いて呆《あき》れる。強いストレスのせいで発作は治まるどころか、ますますひどくなるばかりだった。

どこからか救急隊員が駆けつけて来た。わたしは懸命に声を振り絞り、「救急車に乗るためにはるばる名古屋まで来たんじゃありません。どうしても行かなければならないところがあるんです」と訴えた。

たとえ途中で力尽きてもいい。這《は》ってでも会社へ行こう。兄の無念を晴らすのだ。そう決意したわたしは、名古屋支社のある場所を訊《き》くために駅前の交番へと歩いた。そして辿《たど》り着いたとたん、そこで意識を失った。

気がついた後も息苦しい状態は変わらず、声も出せなかった。無理して必死に訴えようとした様子を見た警官は何を勘違いしたか、わたしの所持品をすべて没収し、警察署の保護房に連れて行って施錠してしまったのである。そこで数時間もの間、まるで犯罪容疑者のような扱いを受けた。声が出ないのではなく、心身に異常を来しているため自分の名前すら言えない状態だと思われたらしい。

兄が自殺してからの経緯を説明し、今日支社長と話し合うつもりなのだといくら筆談したところで、肝心の会社の人間が姿を見せていないものだからすべて虚偽とみなされてしまう。挙句の果てにわたしは両側を警官に挟まれた状態でパトカーに乗せられ、総合病院の精神科に連れて行かれた。そこで医師から住所や氏名、名古屋へ来た理由など様々な事を訊《き》かれ、二時間もかかってようやく正常と診断されたのである。やっとの事で所持品を返してもらい自由の身になった時には、すでに夕闇《ゆうやみ》が迫っていた。

後になって、警察OBの望月秀明氏より教えていただいたが、あの時のお巡りさんはたぶんわたしの状態を観察した結果、精神的な病の女性だと判断したのかもしれない。またわたしは金網の部屋を、何らかの罪を犯した犯人が入れられる留置場と勘違いしてしまったのだろう。警察署には酔っぱらった人などを一時的に保護する部屋があり、お巡りさんはわたしが自分の身体を傷つけたり、自殺をしたりせぬよう危険な所持品を全部預かってくださっていたのだと思うと、あの直後の自分の状態をよく分からないまま保護してくださった警察の方々にはお世話になりっ放しで、大変申し訳ない気持ちでいっぱいである。

そして半年で全快したが、その当時は、わたしが発作を起こした際の過呼吸の症状を記載したカード等々、万が一に備えて首から提げるなりしておけば良かったと反省している。

改めて会社のいい加減な対応に腹が立ってくる。わたしは後先考えずタクシーに乗り込み、運転手に場所を確認してもらいながら直接名古屋支社に乗りつけた。だが支社長も総務部長も当然のように不在。その日はやむなく帰宅する他なかった。

翌日もその翌日も、いくら電話しても担当者につながらない。応対した社員は皆一様に「お答えしかねる」「分かりかねる」「わたしの力では……」と言うばかりで、埒《らち》があかなかった。

そこで今度は矛先《ほこさき》を変え、広報部長に会うため大阪の総本社へ向かった。ところがこの人も兄の死因をまったく把握しておらず、「心臓発作と聞いていますが……。常務と相談の上ご連絡します」と逃げ腰なのである。誠意ある対応など誰一人見せてくれない。

その後ようやく名古屋支社長と人事部長、常務の三人と話し合いを持つ事ができたが、真相は結局何も分からずじまいだった。三重営業所の勤務体制も兄の仕事の内容も、すべては曖昧《あいまい》なまま追い返された。こんな会社のために犠牲になったのかと思うと、兄が哀れでたまらなかった。だが、今更何を言っても兄は帰って来ないのだ。

大企業の論理とサラリーマン社会の悲哀を嫌というほど見せつけられ、会社との闘いが幕を閉じたのだった。

わたしが真相解明のため東奔西走している間に兄の四十九日が迫って来た。当然兄嫁から何らかの連絡が来るものと思っていたのに、なしのつぶてである。

知らず知らずとは言え、結果的に兄が死を選ぶ事に手を貸した兄嫁を、わたしはどうしても許せなかった。妻の役目を何一つ果たさず、事態が悪化するのをただ眺めていただけなんて。彼女の無知と無神経がなぜ罪に問われないのか。誰が言わなくとも、わたしは糾弾せずにいられない。兄の生命保険はわたしが保険の外交をしていた時に死亡保険金の増額をアドバイスしたが、兄は「今の生活が大変になるから」とそのままにしていたはずが、今回担当者に聞くと最近増額になっており優良保険（契約後一年以上。兄は大卒後十七年間かけていたので）だったので、自殺でも増額された金額が兄嫁に支払い済みだったのである。

火葬場で彼女にぶたれた現場を目の当たりにした母が、後でわたしに耳打ちした事があった。震災で壊れた家の修理が終わった頃、報告のつもりで兄に電話をし、「ミキちゃんが直してくれたんやから、うちらが死んだらこの家はミキちゃんにあげる」と告げたという。

すると折り返し兄嫁から電話があり、「土地の半分はうちの人のものでしょ。はっきりさせてもらおうじゃないですか」と喧嘩腰《けんかごし》に言い放ったのだそうだ。その頃から、わたしに対してあまりいい気持ちを抱いてなかったのだろう。

母は言った。「あの嫁は恐ろしいよ。金が絡むと目の色変えて……」

その時わたしはハッと思い当たった。兄の気晴らしになると信じて送っていたあのお金も、もしかしたら兄嫁にそのまま渡っていたのではないか？　家や土地が手に入らない事で責められ、兄は彼女の目を逸《そ》らすためにお金を渡していたのかもしれない。わたしはそれを確かめたかったが、こちらから連絡を取るのはどうにも癪《しゃく》だったので、四十九日法要の時にそれとなく訊《き》いてみようと思っていたのである。

　実家へ行き、「お兄ちゃんの四十九日はどうするんやろ。何も連絡ないけど」と言うと、何ともう兄嫁の実家で法要を済ませたというではないか。会社関係やお世話になった方々に挨拶もしていないらしい。呆《あき》れて返す言葉もなかった。

　半ば自棄《やけ》になって父が言う。「死んだ亭主のために余計な金は使いとうないんやろな」

「お父ちゃんもお母ちゃんも、何考えてんねん！　どうしてあの女のええようにさせとくんよ」

「そんなん言うたかて、あの人も小さい子供を抱えて大変なんやし……」と母。

「お兄ちゃんがどんな気持ちで死んだと思てるんや。そら孫は可愛いやろし、不憫《ふびん》かもしれん。それでもうちは、あの女にええ目みさせよう思て毎月一生懸命お金を送って来たんとちゃうで。すべてお兄ちゃんのためにして来たんやないの。そのお兄ちゃんがあんな惨めな死に方してしもて……うちのこれまでの苦労は何やったの」

　わたしはいきり立って兄嫁に電話し、兄に送っていたお金の使い道について問い質《ただ》した。すると、返ってきたのは想像を絶する言葉だったのである。

「あんた、誰？　ミキ？　知らないなあ、もう他人だもん。お金って何の事？　昔の事今更言われたって分かる訳ないじゃん。今うちにあるお金は、死亡保険金も含めて全部あたしのものだからね。あんたには関係ないでしょ！」

そして、電話は切れた。


わたしは怒りに震えた。こんな女ともっと早く他人になっていたかった。せめて兄が自殺という形でケリをつけるのでなく、離婚してくれていたなら。

「いったい何で、うちだけこんな目に……」

そうつぶやいたとたん、身体の中で何かのスイッチが入った。わたしは両親を振り返り、今まで心に溜めてきながらも決して口にする事のなかった三十六年分の憤《いきどお》りと不満をぶちまけたのである。

「もう、たくさんやわ！　何でこんな家に生まれて来たんやろ。家の事でもお金の事でも、どうしてうちばっかり苦労させられなあかんの？　あんたら二人が甲斐性《かいしょう》なしやからやで。それでも親か！　ほんま情けないわ」

一度堰《せき》を切った怨嗟《えんさ》の言葉はとどまるところを知らず、決壊した堤防を越えてなだれ込む濁流のように後から後からわたしの口をついて出た。

「どんな事でも、矢面《やおもて》に立つのはいつだってうちや。どうして味方してくれへんねん。仁美を取られた時かて、何も言ってくれへんかった。あんたらが身を挺《てい》してうちを守ってくれた事なんか、いっぺんだってあらへん。そのくせ自分らの価値観押しつけて、何一つ思い通りにさせてくれへんかった。好きな人かて大学かて、全部あんたらのせいで諦《あきら》めるしかなかったんや。もういい加減、うちの手かせ足かせになるのはやめて！　これ以上重荷を押しつけんといて！」

両親はオロオロするばかりで、まったく反論しなかった。それどころか驚いた事に、さめざめと涙を流し、「うちらはもう、おまえに何もしてやれん……しょうもない親で堪忍や……申し訳ない」と言うのである。

生き地獄だった。

それから一カ月後、両親より一通の封書が届いた。開けてみると、内容証明郵便であった。

〈倖田ミキさま

今まで迷惑ばかりかけて来た事を申し訳なく思っております。親らしい親でなかった私たちが、これ以上あなたの足手まといになる事は忍びないと考え、親子の縁を切る決心をしました。この家は売却し、そのお金で私たち二人で暮らして行きます。売却代金のうち五百万円はあなたに返します。今後私たちは死んだものと思ってください。あなたはもう自由です。これからは自分の幸せだけを考えて生きて行ってください。さようなら〉

「何やて……」わたしは放心状態になった。兄が死んでからの両親の様子を思い起こしてみる。母は近所の人々の噂話《うわさばなし》を気にして今まで以上に神経質になり、家に閉じこもって痩《や》せ衰えていた。父は好きな酒も飲めないほど打ちひしがれていた。その二人からの別離の手紙。兄の死後まだ癒《い》えていない両親の心の傷口に、わたしは塩を塗ってしまったのだ。言ってはならない事を口にしたと気づいて悔やんだが、もう後の祭りである。

両親の引っ越し先を突き止めようと市役所の戸籍課や郵便局に足を運んだが、ついに分からなかった。何らかの形で二人が口止めしたのだろう。調査会社を使って調べようかとも考えたが、思いとどまった。父も母も、心の底から二人だけになりたいのかもしれない。

内容証明郵便を、何度も何度も穴があくほどに読んだ。そうするうちに、だんだんわたしの心に変化が生まれて来た。

もしかしたらこれは、文面通りわたしに自由を与えようとする励ましの手紙なのかもしれない。不器用な両親の子離れ宣言であり、好きなように生きろという激励のメッセージなのだと受け止めよう。

両親を探すのはもうやめようと心に決めた。きっと二人とも、新婚の頃のように仲良く元気で暮らしているだろう。居場所はその気になればいつでも見つけ出せる。でも今は、二人の気持ちを素直に受け止め、これからの人生を思う通りに生きよう。やりたかった事を、すべてやろう。誰にも何にも縛《しば》られず、心の命ずるままに。

（お父ちゃん、お母ちゃん、元気でいてや。ミキは力一杯、世の中に出て行くで）

遅ればせの、そして本物の独立宣言である。

家族は散り散りになった。

そしてわたしは今度こそ、「家」という重い十字架から解き放たれたのだ。もう過去を振り返ってはいられない。前だけ向いて歩いて行こう。わたしは明日が好きやねん！

第六章　二十年目の翼

両親の絶縁状を受け取ってからというもの、わたしは今までよりいっそう熱心に医療機器の販売を続けていた。地方へ出張して磁気治療器のデモンストレーション会場を担当したり、紹介オーダーをいただいたお客の下《もと》へ出向いたり、日々精力的に動いた。

所属している文化書道の夏期錬成会にも参加した。二年に一度、津々浦々の会場で開催され、全国の先生方がお目見えするこの錬成会には震災の前年より参加し始めた。ここで、本部役員を務めておられる先生の席上揮毫《きごう》を間近に拝見する事ができた。初めて拝見したあの感動は忘れられない。わたしもいつか大勢の前で揮毫できる日を目標に、今後も練習に励もう——そう決意させていただけた貴重な体験だった。

仕事や趣味が充実していたおかげで、人と会って話をしている時は明るく愉快に過ごす事ができた。しかし日が暮れて一人、誰もいないマンションの部屋へ帰ると、底なしの寂寥感《せきりょうかん》に襲われた。それはまるでブラックホールのようにすべてを飲み込もうとする。昼間楽しければ楽しいほど、夜の落ち込み方はひどかった。

これまで人のために良かれと思ってしてきた事が、結局は全部裏目に出てしまったのか。あれほど幸せな家に焦がれていたというのに、今のわたしには夫も子供も、親兄弟さえもいない。

「天涯孤独」の四文字が胸に突き刺さる。これで本当に独りぼっちになってしまった……。キャリアの場で自己実現を果たし誇らしげに見えるあまたの女性たちも、夜にはこんな寂しさを一人噛《か》み締め涙を流す事があるのだろうか。

沈んだ気持ちを鼓舞する術《すべ》もなく、ため息をつきながら悶々《もんもん》と眠れない夜を過ごした。

そうしてまたわたしの心に、おなじみになったあの疑問がふと浮かぶ。

「家」とはいったい何だろう。

安らぎと生きる力の源であって欲しい……その思いは昔から変わらない。だが、自分はこれまでそういった家を持った事があったのだろうか。

柔らかく暖かいけれどすっかり包み込まれると窒息してしまう、真綿のような関係——一番身近な存在でありながら、いやそれだけに、時には刃物のような鋭さで互いを傷つけ合ってしまうのが家族だ。「家」というのは、それを構成する一人一人が意識してキープする努力をしなければ簡単に崩壊してしまう、案外もろい結びつきなのかもしれない。

仕事はやり甲斐《がい》があったが、こんな事を一生やっていて何になるんだろう、という思いが時折頭をよぎるようになったのも確かである。いくら頑張っても気は晴れない。仕事を通じ他人の役に立つ事で傷ついた心を癒そうとしたのだが、ある意味では逆効果になってしまったのかもしれなかった。どうしようもない寂しさを紛らすため、いつしかわたしはお酒の代わりに甘い物に手を出すようになっていた。手当たり次第に食べる事が憂さ晴らしにはなったものの、気がついたら何とベスト体重より十キロ以上も増えてしまったのである。

「何しとるんやろ、うち……」

醜く太って生気のない自分の姿を鏡の中に見つけた時、さすがにショックを受けた。

「こんなんじゃ、すてきな人との出会いも自分で潰《つぶ》してるのと同じやわ。いい風が吹きそうになっても、うちが逃がしてしもとったんや。これは人生設計を見直さんとあかん……」わたしは、もう一度現状を見つめて生き方を探って行こうと決心した。まずは、だらけた身体と精神を引き締めなければ。「よおし、何とかしたるで！」

自分への挑戦も兼ねて、あるエステティックサロンのダイエット・コンテストに応募する事にした。セールスの仕事と同様、結果が数字に表れるのが面白くて張り合いがある。わたしは三カ月間のプログラムを嬉々《きき》としてこなした。肌の調子や体調も良くなり、身のこなしも軽くなって、体重もスタイルも目に見えて元通りになって行くのがこの上ない快感だった。書類選考も二度の水着審査も見事合格し、晴れの最終選考会舞台とテレビ放映へ。もっと大幅減量の方がおられ入賞こそ逃したものの、総応募者数二千名を超える中での三十五名に残ったという経験が、女性としての自信を取り戻すきっかけとなった。

こうなると、また持ち前の「やる気」と「負けん気」が顔を出し始める。わたしは以前から数十回にわたって事あるごとに献血を行なって来たが、たまたま出かけた会場で骨髄バンクのドナー募集のポスターを見かけた。自分の身体の一部が、病んでいる人を救えるかもしれない。そう考えて、ためらう事なくその場で登録した。

建築会社に勤める知り合いの勧めで、宅地建物取引主任者（宅建）の資格を取る勉強も始めた。必要な本や教材を送ってもらったものの、なかなか難しい内容に最初は手こずった。それでも打ち込むものがあるというのは救いである。仕事を終えて部屋へ帰り、机に向かうのが日課となった。ハードルが高ければ高いほどエネルギーが湧《わ》くのが、わたしという人間である。常に何かを追いかけて走っているハイな状態が最も心地よい。つくづく因果な性分だと思う。勉強するにつれ、もっと早くこの内容を知っていれば二重ローン地獄に落ちる事もなかったと臍《ほぞ》を噬《か》んだ。

また、北海道のある酪農家のお宅にホームステイしたのもこの頃だ。毎日搾乳を手伝ったり牛舎の掃除をしたり、休む事なく働いた。牛の出産にも偶然立ち会う事ができた。知らず知らず都会の水になじんでしまったわたしにとっては、どれも素晴らしい経験であった。澄み切った空、吹き渡る風、どこまでも続く牧草地、遠くに見える地平線……まるで絵に描いたような北国の風景に、わたしは生きるエネルギーを与えられた。大自然の息吹きに触れ、身も心も急速に元気を取り戻して行くのを肌で感じたのである。

職場を通じて高野という五十絡みの男と出会ったのはそんな時だった。

話を聞いてみると、以前、食品容器に関する製法特許を国内と欧米に持っていたそうだ。会社を興して工場を造り、手広く商売を行なおうとしていたらしい。

「これはなあ、火がのうてもホカホカのもんが食べられる容器やってん。食べ物が入った袋に紐《ひも》が付いとって、それを引っ張ると中のもんが温まるんや。自社工場を拠点にして取り引き先を増やし、いずれはアメリカやヨーロッパにも進出したいと目論んでおったんやが……」と高野は話した。「その矢先に、あの阪神大震災や。せっかく建てた工場も全壊してしもた。借金まだぎょうさん残っとるのに、このうえ再建する資金なんかあれへんがな。今かてほぼ無一文に近い状態でっせ。セールスを続けていくのもしんどいが、かと言ってこのご時世やと、仕事の選《え》り好みしとられんしなあ……どないしたらええか……」

震災被害に遭ったと聞くと、とても他人事とは思えなかった。「うっとこも、震災を境に家族みんなバラバラになってしもたんよ。お互い苦労したんやねえ……」と相槌《あいづち》を打つうち、気がつけばわたしは真剣に彼の体験談に耳を傾けていた。口八丁手八丁といった感じではないが、元経営者だけあってなかなか風格が備わっている。鋭い意見も持っているし、何より苦労人である点に共感できた。

わたしと高野はすっかり意気投合し、震災を経験した者同士、再起を賭《か》けて何か始めようというところまでトントン拍子に話が進んでしまった。わたしは以前から温めていた結婚相談所のアイデアをいつか実現させるため、数百万円の開設資金を貯めてあった。その話をすると高野は、俄然乗り気になったのである。「わしとあんたで、その金を元手にして何倍にも増やそやないか。一足す一が三にも四にも無限大にもなるビジネスを展開するんや」

これはいつか来た道ではないのか。うまい話には罠《わな》がある。何度も痛い目に遭っているはずなのに——今ならばそうはっきり言える。しかしこの時のわたしには、決定的に欠落しているものがあった。それは、人を疑ってかかる心である。他人の言葉を百パーセント信じ込み、何か引っかかる事があっても自分が我慢すれば済むと思ってしまうのだ。

こうしてわたしと高野は会社を辞め、共同経営者として事業を始める事になった。わたしは実家の近くの住まいをたたみ、三LDKの広いマンションに引っ越した。そこの一階に事務所を借りて念願の結婚情報ビジネスに取り組む事にした。それに加え、大好きな子供たちとの触れ合いを求めて、自室を開放し私塾を開こうと考えたのである。

部屋のドアに〈夢楽園〉というささやかな看板を掲げ、小中学生を相手に書道と英語を教え始めた。苦労して取った資格をようやく生かせる時期が来たのだ。その名の通り夢のある楽しい園を目指して努力した甲斐《かい》があって、口コミで順調に生徒も増えて行った。保育施設を兼ねており、依頼されれば幼い子供も預かった。どの子も皆タークんや仁美の分身のように思えて愛《いと》おしい。

結婚相談所の方も同時進行で運営していた。会員を募り、コンピューターを用いてデータ管理を行なうとともに、親身な細かいアドバイスを個人レベルで提供するのである。

ところでそのコンピューターだが、亡くなった兄同様に機械が苦手のわたしは、機種の選定から日頃の管理まで一切を高野に任せていた。収支もコンピューターで管理したいと言う高野を信頼し、運営資金も重要書類もすべて彼に渡してあったのだ。

これが間違いの始まりだった。

ビジネスを始めて三カ月ほど経ったある日、事務所に出てみると高野の姿が見えなかった。無断欠勤とは珍しい。そのうち来るだろうと気楽に構えていたが、待てど暮らせど現れず、何の連絡もない。おかしいと気づいて金庫を開けてみた時にはすでに遅かった。お金と重要書類がそっくり持ち出されていたのだ。業務上横領である。

わたしに宅建の受験を勧めてくれた知り合いに相談し、二人で必死に捜索して数日後、ようやく高野の居場所を突き止めた。問い詰めると、会社のお金を持ち逃げした事は白状したが、後は「申し訳ない、すまない」と繰り返すばかりである。

「あんたなあ、どういう了見やのん。たかだか五百万程度のお金で警察のお世話になりたいんか？　恥を知り！」

怒鳴りつけるわたしに、「面目ない。つい出来心で……堪忍してや」と高野はうなだれる。それを見ているこちらの方が、何だか惨めな心地になってしまった。

「お返ししますと言いたいところやが、今はもう手元にないもんで……。どうしてもあの金が必要やったんや。妻子を路頭に迷わせとうない……。申し訳ないが、将来のためにも借りた事にしてもらえんやろか」

警察に突き出したいのはやまやまだったが、打ちひしがれる中年男を前にして、わたしはそれ以上何も言えなかった。公証役場で借用書を作成し、高野を首にする事でこの一件にケリをつけた。

その後もしばらく頑張ってみたが、当座の資金を持ち出されたのとコンピューター操作ができないのとで、たちまち経営は行き詰まった。事務所を存続させる事も困難になり、結局、始めてから僅《わず》か四カ月あまりで〈夢楽園〉は頓挫《とんざ》したのである。

また振り出しに戻ってしまった。そしてまた今回も、詐欺《さぎ》に遭ったようなものである。だが、「詐欺がなんぼのもんや！　うちはもう落ち込まへんで」とわたしは自分に言い聞かせていた。済んだ事をうつむいて悔いる暇があったら、前を見て歩き出そう。保母資格も宅建の資格も、過去の苦い経験があったからこそ取れたのだ。人生すべてプラス思考が肝心である。転んだ時こそチャンス。石でも草でも摑《つか》んで起き上がらなくては。

それにしても、どうしてわたしには善と悪の区別がつかないのだろう。一番悪いのは言うまでもなく騙《だま》す人間だが、騙される方にも付け込まれる要因があるに違いない。そう考えるうち、自分が法律の分野に未知だという事実に気がついた。もっと民法の知識があれば、詐欺に対する免疫もできるのではないか。

勉強すれば、何度も落とし穴に落ちた経験を生かして同じような悩みを抱えている人の役に立てるかもしれない。よし、今度は法律を学ぼう。どこかの大学の法学部に入ろう。

わたしは心に決め、さっそく大学の資料を集め始めた。女一人で生きて行かなければならないので、働きながらの学生生活になるだろう。

調べてみると、慶応大学の通信教育部に法科コースがある事が分かった。通信教育とは言え、スクーリングと呼ばれる授業への出席も取得単位に含まれるため、上京した方が何かと都合が良さそうである。

（東京、かあ……）

三十六年間一度も関西を出た事のないわたしには、一種憧《あこが》れの響きを持って聞こえて来る地名だ。東京に行けば、近くにいながら娘に会えない辛《つら》さも少しは忘れる事ができるかもしれない。だがいざ決意する段になると、住み慣れた土地への愛着が捨てがたくなってきた。いくら天涯孤独の身になったとは言え、関西を離れて果たして一人でやって行けるのだろうか。さすがのわたしも、しばらく躊躇《ちゅうちょ》していた。

親友の晶子から再び電話があったのはその頃である。わたしは、兄の死と両親との絶縁までのいきさつを話し、東京行きに対する迷いの気持ちを打ち明けた。

「どう思う?」

「どうって、もうあんたの心は決まってるんと違う?」というのが彼女の答えだった。「あんた、前から東京に行きたかったんやろ。何を今さら、ためらってるのん。ちょっと遅れたかもしれへんけど、ようやくご両親が『もう好きにしてええ』て言うてくれたんやないの。今までずうっと家の犠牲になってたのから解放されたんやで」

「解放された……」とわたしはつぶやいた。「やっと自由が手に入った、いう事やな」

「そうよ。ターくんとお兄さんが自分の命と引き換えに、あんたに幸福をくれたんや」

ターくんとお兄ちゃんが、うちのために……? 友の言葉にわたしは目を開かされた。そうか……今まで数え切れないほど辛《つら》い事がたくさんあったけど、それはすべてわたしが東京で生まれ変わるために必要な試練だったのかもしれない。ターくんと兄が、自分たちの分まで一生懸命生きろと、背中を押してくれているような気がした。

「もがれてた翼が戻って来たんやないの。羽ばたいたらええやん。行っておいで、東京へ」

晶子の穏やかな声を聞いて、心に青空が広がっていった。わたしは家庭には恵まれなかったが、友達には恵まれた。人を疑わずに接してきた事で、いつの間にか心強い友人たちのネットワークが自分の周りにできていたのである。

晶子の他にも、上京の意思を告げると大勢の友人知人が励まし勇気づけてくれた。

「東京かあ。ええやんか、頑張ってみい。頑張って頑張って、あかんかったら、帰って来たらええやん。友達みんな、あんたの生き方応援してるよ」

「ミキちゃんの事、うちの知り合いに頼んどいたからな。上京したら、訪ねてみてや」

「東京行くんか。よっしゃ、仕事先、紹介したるわ。この人のとこに行ってみて」

みんなの思いやりが嬉《うれ》しくて、わたしは胸が一杯になった。頬を流れる涙は甘しょっぱく温かかった。

働き口の不安はまったくと言っていいほどなかった。この日のために合計三十近くもの資格を取ったのだ。東京ならきっと、どこかにそれらを生かせる道が見つかるだろう。

思えばここまで、浮かんだり沈んだり、上がったり下がったり、まるでジェットコースターのような人生だった。そしてまた新たなるゼロからのスタートである。不安ももちろんないと言えば嘘《うそ》になるが、期待の方がずっとずっと大きい。二十年前、大学進学の夢を断たれた時の無念を思い出した。今はもう、誰に遠慮する事もないのだ。未来に向かって驀進《ばくしん》しよう。

二十年目にして手に入れた自由の翼を背に、わたしは大空へ飛び立ち、東京で生まれ変わる決心をしていた。
わたしは明日が好きやねん！

第七章　希望を胸に

平成十一年の春に上京し、南新宿のマンションに夢を実現するための居を構えた。いよいよこの四月から、わたしは晴れて慶応大学の大学生になる。三十六歳という年齢で学生証を持ち学割を利用できる立場になるなんて、誇らしい反面ちょっぴり照れ臭い感じがした。

この住まいを選んだ理由は、六畳二間続きの和室があった事である。襖《ふすま》を外せば十二畳の広い空間ができる。全紙二枚、二メートル七十センチの大作を書くには、最低限それだけの畳の部屋が必要なのだ。

大学で法律を勉強するという事に加えて、わたしにはどうしてもやり遂げなくてはならない目的があった。震災後のどん底状態で病院の付き添い看護をしていた頃親友に誓った、書道の作品集の制作である。わたしはこの頃、所属する書道学会の最高位である七段を取得できた。もうそろそろ作品集に取り組んでもいい頃だろう。

深夜、新宿の繁華街の喧噪《けんそう》が遠い海鳴りのように引く頃、わたしは目の前の白紙と対峙《たいじ》し、一息に筆を走らせる。

〈難波潟《なにはがた》　短き葦《あし》の節の間も　逢はでこの世を過ぐしてよとや〉

（難波潟に生えている短い葦の節と節の間のように、ほんのちょっとの間もあなたに逢わない

で、この世を過ごしてしまえとおっしゃるのですか）

小野小町と並ぶ古今集時代の代表的な女流歌人、伊勢の歌だ。百人一首にも選ばれている。一説によると、彼女は十七歳前後で宇多皇后《うたこうごう》・温子《おんし》に仕え、后の弟・藤原仲平と恋に落ちる。その後宇多天皇の寵愛《ちょうあい》を受けて皇子を産み、さらに後年、天皇の皇子・敦慶《あつよし》親王との間に、のちに歌人となる中務《なかつかさ》をもうけた。その激しく燃え上がる恋情と数奇な運命は、時代を超えてわたしの心を揺り動かす。

難波潟は旧淀川河口あたりの広大な干潟で、一面にびっしり葦が生えている。その中で風にそよぐ短い一本。節と節の間が、「世＝人生」へと抽象化されて行く。そんな風景を心に思い浮かべながら、筆に力を込めた。精神を集中し、ひたすら書く。

伊勢の身もだえするような熱い恋心が、わたしにも乗り移ったように感じられる一瞬がある。それは、束《つか》の間も会う事が許されない我が娘、仁美への思いと重なっていった。

伊勢の歌を書き終え、次に星野富弘さんの作品に取りかかった。毎朝毎晩、兄の遺影に手を合わせるたびに暗唱してきた詩である。

中学校の体育教師をしていた時の怪我《けが》が元で手足の自由を失われた星野さんの詩に初めてお

目にかかったのは、震災後に行った書道展だった。見たとたん、身体の奥底から湧《わ》き上がって来るような感動を抑え切れず、すぐその場で手帳にメモしたのを覚えている。読むたびに心が浄化されるような不思議な詩である。生きる喜びを与えてくれるような気がした。

その他にも徳川家康の家訓など、心に触れた大好きな言葉を選んでわたしは毎夜毎夜、一心不乱に書き続けた。言葉の力は無限である。自分が受けた感動を素直に筆に託し、一人でも多くの人に伝えたい。書道はわたしの根っこであり、生きる原動力なのだから。

大学の勉強や書道の作品集作りと並行して、仕事の方も順調に進んでいた。関西時代の友人知人が紹介してくれたおかげである。仕事を通じて知り合った人々との間に友情の鎖がつながって行き、少しずつ人脈を獲得する事ができるようになった。

そんな頃、知人の営む居酒屋に出かける機会があった。わたしはお店の商売繁盛を願って、自分の作品を一つ謹呈する事にした。これは縦八十二センチ・横三十センチの板に〈魅惑夢〉と刻字したもので、文字の周囲は彫り取って墨を塗り、字そのものには金箔《きんぱく》を施してある。熟練した細かい作業を必要とするかなり大がかりな作品であり、お店の壁を飾るのに相応《ふさわ》しいと自負していた。掛けてみると、思った通り見栄えがする。

ある日、この店で友人と食事をしていた時の事。偶然わたしの隣に座った一人の女性がいた。きりっと引き締まった目元、力強い意志を感じさせる唇。栗色《くりいろ》の髪をサラサラなびかせてお酒を飲んでいる姿はとても魅力的である。その彼女が、壁を指さしながら店のマスターに訊《き》いた。

「これ、誰の作品なの？」

「あなたのお隣に座っている方のですよ」とマスターが答える。

彼女はわたしの方を振り返った。

これが、岡野厚子さんとの出会いであった。

岡野さんは『完全離婚マニュアル』などの著書がある、ご自身も離婚問題で苦労された経験をお持ちの女性。その時の「離婚の大変さは経験した者でなければ分からない」という思いを形にし、「バツイチ」の人々を支援するための会社を設立したのだという。一度や二度の失敗にめげず人生を積極的に切り開こうとする女性たちの、言わば先導者なのである。

わたしたちは話を始めてすぐに意気投合した。一人息子を抱えて様々な事業に挑戦しては挫《ざ》折《せつ》したという岡野さんは、わたしのこれまでの過去や現在の境遇にも共感してくれた。今後の夢まで含め、いろいろな事をお話しした。

そのうちに彼女が、「ビジネスマンのための面白い学校が銀座にあるのよ。あたしも結婚と離婚に関する講座を持ってるの。ねえ、そこで書道を教えてみない？」と誘ってくれた。一も二もなく「やります」と即答したのを覚えている。

こうして岡野さんとの縁が元で、わたしは銀座駅前大学の教授に就任し、爆発的に自分の世界を広げていく事になるのである。

銀座駅前大学、通称「銀大」は、その名の通り銀座三越隣のビル七階にある。大学といってもお堅い勉強会ではない。〝東大教授から仙人まで〟およそ二百五十名の教授が、毎晩様々なテーマでセミナーを開催しているのだ。一回分の授業料を払えば誰でもその日から学生になる事ができるとあって、一九九七年の開校以来、生徒の延べ人数は三万人を超えている。

代表である村岡俊彰氏の名刺には〈学長兼小間使い〉の肩書きが刷り込んである。村岡学長の本業は週刊経営情報誌の代表で、ベテラン経営コンサルタントでもある。京都大学を卒業後、鹿児島で家業の食品メーカーの経営にしばらく携わったのち、上京したという。「国家百年の大計」に基づく一兆円規模の企画書を名だたる大企業に持ち込んだのをきっかけに、豊富な人脈を作ったのだそうだ。様々な分野の人々とコミュニケーションを図るため夜な夜な街へ繰り出しているうち、一カ月の飲み代が百万円を超えてしまい、いくら何でもただお酒を飲んでいるだけではもったいない、こんな面白い話の数々は広く世の中に開放すべきだと考え、銀大設立を思いついたのだという。

何かに秀でた人なら誰でも教授になれる。とは言え村岡学長は収益を考えておらず、あくまでボランティアである。わたしはその趣旨に賛同し、ほぼ月に一度、書道の講座を開かせていただく事にした。

受講生の中でも特に三十代以下の若い人々は筆に慣れておらず、どうしても手に力が入ってしまう。毛先が震えて、文字が崩れる。力を抜くコツを覚えてもらうまでが大変だ。筆を持てば十人十色。早書きの人もいれば、じっくり時間をかける人もいる。それぞれ性格を反映しているようで面白い。つくづく「書は人なり」だと思う。

今や手紙も筆でなくワープロで書く時代である。年賀状のやり取りさえも、電子メールに取って代わられつつある。小学校のお習字の時間を過ぎてしまえば、一般の人が筆を持つ機会は目に見えて減ってしまう。まして忙しいビジネスマンがのんびり墨を磨《す》っている暇など、ありはしないだろう。

そこで、講義内容は実践に徹する事にした。冠婚葬祭の芳名帳、祝儀袋の表書き、あるいは年賀状や暑中見舞いの宛名《あてな》を美しく書く方法など、日常すぐに役立つ書道というカリキュラムを組んだのである。

だが、いずれは筆で手紙を書く講座も開きたいと考えている。コンピューターによる情報伝達が進む現在であればこそ、アナログの極致である毛筆の手紙は比類のないインパクトを与えてくれると思う。貰《もら》った方はさぞ驚くだろうが、同時にたとえようもない喜びを感じるのではないだろうか。

自分の手で時間をかけて墨を磨《す》り、相手の顔を思い浮かべながら一文字ずつ丁寧に書いていく。筆文字には心が反映される。心を込めて磨れば墨は濃い色となり、悲しみを押し隠し急いで磨れば、涙も混じって薄墨となる。これが弔意の表れである。書には日本人の心が息づいているのだ。

村岡学長はほとんど毎日、セミナー終了後に教授と参加者を交えて懇談会と称した飲み会を開いておられる。そのタフさには舌を巻いてしまう。集まる教授は皆ボランティア。誰かが喜んでくれるならと、自分が築き上げて来たものや培ったノウハウを惜しげもなく提供するのである。善が善を呼ぶ銀大の雰囲気に、わたしはすっかり魅了されていった。

教える事も面白いが、他の教授の方々やユニークな学生さんとの出会いがこれまた楽しい。とにかく皆さん、驚くばかりに多士済々なのだ。

大学教授や経済評論家をはじめ、作家に翻訳家、モデルにアナウンサー、カラリストにアロマテラピスト、サイキックヒーラー、著名な歌手や映画監督、催眠術・雑草・手相観・ワインとチーズなどありとあらゆる分野の研究家……。ここで繰り広げられる話題の数々に、目から鱗《うろこ》が落ちる思いを何度した事か。中でも大手広告代理店元役員の田村尚氏の「田村塾」や、国際交流コンサルタントの山元雅信氏の「山元学校」、全国七百五十軒の店舗を展開する居酒屋チェーンの創業者平博氏の「志縁塾」、大手ビールメーカー名誉顧問の中條高德氏の「わの会」、毎月第一月曜に開催される藤井敬三氏の「月曜会」などもそれぞれが主宰しておられる別の勉強会への参加を通じて密度の濃い交流を持たせていただく事ができた。

都会のど真ん中にあるユニークな「人生の夜学」銀大との出会いは、わたしの運命を変えたと言っても過言ではない。精神的に大きな拠《よ》りどころを得て、わたしは毎日生き生きと過ごす事ができるようになった。

気がつけば知り合いの輪が驚くほど広がっていて、いろいろな人から仕事を依頼されるようになった。もともと好奇心の固まりであるわたし、たいていの事には積極的にチャレンジした。商品ラベルの筆耕をしたり、和装のモデルになって花嫁衣裳を着たり、ペットフードの販売促進ビデオにレポーター役として登場したり、通信販売の代理店を始めたり。重いテーマから軽い乗りのものまで、どんどん引き受けて仕事の幅を拡大した。それに比例して名刺の数が増えていったのもこの頃である。

懸賞に当たって伊豆大島へ旅行した時に体験した、椿《つばき》の花びら染めにも魅せられた。大島では全島に一万本自生すると言われる椿を利用した産業が盛んだが、椿油などポピュラーな品はともかく、この染め物については知らなかった。落ちた花を丁寧に拾い集めて染料にし、シルクなどの生地を浸して媒染液で色を定着させる。媒染の種類によりピンク、グリーン、グレーと思い思いの色合いに染める事ができるのだ。どれも島の住民たちの人情が伝わるような、ほのぼのと温かい色に仕上がる。花びら拾いの中心となっているのは、近くの障害者施設の人々らしい。椿花びら染めが彼らの自立にも一役買っているのだと聞いて、更に胸を打たれた。

すっかりこの染め物の虜《とりこ》になったわたしは、東京に戻ってからもあちこちで人に宣伝して回った。そうしてひょんな事から大島の町長さんと知り合いになり、今では染め物工房の広報担当という肩書きも持っている。

人の縁とは本当に不思議なものである。明日はどんな方との出逢いがあるのかと思うと毎日が楽しく、つい「明日が好きやねん」という言葉が口をついて出てくる。

二〇〇一年七月末、南新宿のわたしのマンションに大型トラック二台分の段ボール箱が運び込まれた。次から次へと搬入される段ボール箱で、瞬《また》く間に天井までびっしりと埋まってしまった。寝る場所もなくなった部屋の隅に佇《たたず》み、わたしはそれを感慨無量の思いで見つめていた。

（やっと完成したんや。ここまで長かったなあ……）

生まれて初めての、わたしの作品集。思い切って一万部を自費製作した。フルカラー八ページの二〇〇二年度版カレンダーである。単なる作品集の形式にするよりも、カレンダーの方が壁に飾っていつでも鑑賞してもらえる利点があると考えたのだ。毎晩ひたすらに書き込んで来た書道の作品に加え、花嫁衣裳のモデルをした時の和装の写真を記念に配した。筆を持ち始めたばかりの三歳の頃の写真も使ってある。書道家・倖田ミキとしての人生の集大成である。

〈日本の伝統美〉というタイトルを冠したこのカレンダーは、広く世界中の人々に書道の素晴らしさを理解していただくため、すべての作品に日本語だけでなく英語での解説も付けてある。また売り上げの収益はすべて、阪神大震災で身寄りをなくした子供たちと三宅島噴火で被災された方々にユニセフを通して寄付するつもりだ。

作品集を作りたいと漠然と考えたのは、思春期の頃だった。書道に限った話ではないが、芸術を志す人間にとって自分の作品というのは我が子同然である。どれも精魂込めて産み出した分身であり、かけがえのない愛《いと》おしい存在だ。書道をたしなむ者が、個展なり作品集なりで「我が子」を世に出したいと思うのは自然な欲求である。

それでもわたしにとっては、一生かかって実現できるかどうかという壮大な夢だった。波瀾の人生、硯《すずり》の前に座る時間すらなく、書く事から遠ざかりかけたのも一度や二度ではない。けれど愛する息子を失って悲嘆に暮れていた時、すべてに絶望して生きる事を諦《あきら》めかけた時、わたしを救ってくれたのは書道であった。今、改めて心から思う。筆を捨てなくて本当に良かったと。これでようやく、書道家としてのスタート台に立てたのだ。

わたしは段ボール箱を開け、中からカレンダーを一部取り出した。感謝の言葉を添え、立ち直るきっかけを与えてくれた親友の晶子へ真っ先に送付する。

晶子から、翌日すぐに電話がかかって来た。

「カレンダー届いたで。ほんまに作ったんやなあ。ようやったやんか、おめでとう」

「おおきに。これもあんたが、落ち込んでる時にきつーい友情のパンチをくれたおかげやわ」

「あははは。せやけどあたし、まだ気に入らんわ。これよりもっともっと、すごいの見たいなあ」

　相変わらず口は悪いが、その裏にある優しさが伝わってくる。東京で久し振りに聞く親友の声が心に沁《し》みた。

「まだまだこれは序の口やで」とわたしは言い返した。「次はもっとごっついのんを作って、あんたをびっくりさせたるわ。いつか必ずな。楽しみにしとって」

　一しきり笑った後、晶子が訊《き》いた。「どや、ミキちゃん？　まだ死にたい思てる？」

「全然！」と力強く答える。「人生薔薇色《ばらいろ》や。うちなあ、今やりたい事が山ほどあんねん。希望で胸がパンパンにふくらんでる感じ。東京、最高やで」

「そうかあ……ほんま、良かったな。今度遊びに行くわ」

「いつでもおいで。待ってるよ」

　心から言って、わたしは受話器を置いた。

思えばこのカレンダーが完成するまで、本当に多くの人のお世話になった。カレンダーはお金を出してまで買うものではないと考えている人も多く、売れ行きは思ったほど捗々《はかばか》しくはなかったが、作品集を携えてあちこちへ行くたび、人から支えられている事を実感する。居酒屋チェーンの創業者の平氏は、ご自分の経営する店にカレンダーを置いてくださるという。その他の方々も、わたしの夢に対して惜しみない好意を提供してくれている。自分の一番好きな事をやって生きていける幸せを味わえるなんて、すてきな事だ。そして、買ってくださった人に「ありがとうございます」と素直にお礼を言える喜び……。

部屋一杯だった段ボール箱も、少しずつではあるが減ってきている。

第八章　そして究極の夢へ

「あなたは自分の人生を書き残すべきだ」

銀座駅前大学で知り合った教授の方から言われた言葉である。

改めてここまでの来し方を振り返ってみた。まさに波瀾万丈、疾風怒濤《どとう》といった感じである。結婚、出産、息子の死。二度の離婚と娘との別れ。兄の自殺と両親との絶縁。度重なる金銭トラブルと借金地獄。そして阪神大震災……。家が文字通り崩壊するのを目の当たりにして来た。そしてわたしは、不死鳥のように焼け跡からよみがえったのだ。ここ東京で。

人から頼まれて被災経験を講演会で話す機会が徐々に増え、地震対策セミナーの司会も行なった。

中小企業の経営者の集まりで話をした事がある。居並ぶ社長さんたちの深刻な表情を見渡した時、今の日本を蝕《むしば》む先の見えない不景気がいかに働く人々を苦しめているか思い知らされた。

「リストラや倒産で追い込まれ、路頭に迷う人が増えています。立場は違っても、その苦しみはわたしにも分かります。真綿で首をじわじわと絞められるような借金地獄の辛《つら》さは、経験者でなければ分からないものです。生きる望みをもぎ取られ、将来を悲観する事もあるでしょう。でも、絶対に自殺する事はやめていただきたいのです」

わたしは声を大にして言う。

「死にたいのはあなただけではない。孤独なのはあなただけではない。首を吊《つ》る前に、手首を切る前に、もう一度周りを見回して欲しい。あなたの死を悲しむ人が絶対にいるはずです。残される家族の顔を思い浮かべてください。悩みを打ち明けられる人を探してください。わたしは自殺を考えていた時、『あんたなあ、あたしの期待を裏切らんといて。死んでもええで。けど、書道の作品集作ってからにしてんか』という親友の一言に救われました。求められている自分がいる。その事を教えてくれた友の愛の鞭《むち》だったのです。これで、『何くそ！　やったんでえ』と生きる力が湧《わ》いてきました」

いつの間にか、聴衆の意識がわたしの話に集中しているのが痛いほどに伝わってくる。

「借金まみれで仕事がなくても、もう一回本気になって欲しい。本気でやれば、道は開けます。本気でやれば、必ず誰かが支えてくれるのです。人間、最後はみんな死にます。でも、それまでにやっておく事はたくさんあるはずです。阪神大震災で亡くなられた六千四百名の方々は、どれほど無念な思いで逝かれた事でしょう。それを考えれば、自殺なんてしている場合ではありません」

涙で会場がぼやけて見える。それでも声を詰まらせる事なく、最後を締め括《くく》った。

「わたしは一歳になったばかりの最愛の息子を病気で亡くしました。一番の相談相手だった兄も失意の末に自らの命を絶ちました。天国から愛と勇気を届けてくれる二人の分まで、わたしは精一杯明日を信じて生きていくつもりです」

東京に出て来て四年目……。わたしは一回りも二回りも成長したと思う。持っている名刺はもう十七種類にもなった。大学の通信教育部を卒業するのはもうしばらく時間がかかりそうだが、焦る事はない。好きな事に打ち込める喜びを噛《か》み締めながら、少しずつ歩いて行こう。

作品集の夢は形になったけれど、親友に告げたようにこれはほんの序の口である。やっと出発点に立ったばかりなのだ。わたしにはまだまだこれからやりたい事、やるべき事がたくさんある。

ニューヨークでの写経普及ボランティアもその一つだ。

毎年七月に開催される文化書道の公募展に、今回は〈献身於世界和平〉(わたしは世界平和のために生きる)と書いた作品を出品した。これには、二〇〇一年九月十一日のアメリカ同時多発テロで犠牲になった方々への思いが込められている。今わたしの胸にあるのは、実際にニューヨークの被災地へ行って、その現場で遺族の方々と写経をし犠牲者の霊を慰めたいという願いだ。阪神大震災のような自然災害と違って各国の複雑な思惑が絡む人為的な出来事である事、ボランティアの訪問がテロの再発を招きかねないという世論がアメリカにある事などから、実現は難しいだろう。だけど、希望者がどんどん増えていけば、いつか一緒に写経できる日が来るかもしれない。その日を楽しみに待つ事にしよう。

展覧会作品をご覧になったワールド・コミュニケーション・クラブ（ＷＣＣ）会長の田村氏より、「ぜひ『献身於世界和平』に『祈願世界共通祝日』を加えて書いて欲しい。八月八日にＷＣＣの大会の会場に掲げたい」と言われて、大変嬉《うれ》しく、さっそく会長にプレゼントした。当日は多くの方々が来られ、共通の祝日が制定される夢も近い。将来実現できるだろう。

書道の全日展書法会の審査員に今回任命されたのを契機に、今まで以上に書道の普及にも尽力したい。

平成十四年の六月九日、東京に来てから知り合った酒店経営者と結婚する予定でいた。披露宴招待状の印刷まで済ませていたのだが、相手が初婚のため、「離婚歴のある女性は困る」という先方の母親の意見で一方的に式場をキャンセルされてしまい、結局この話は破談となった。ショックから再び太り始めたわたしを救ってくれたのが、銀大の受講生から紹介された超音波美容器である。

ちょうどその頃、わたしが毎日通っているフィットネスクラブとやり始めた通信販売会社で七月末までの三カ月で何キロ体重が落とせるかというキャンペーンがあり、わたしは自分の誕生日の自分へのプレゼントのつもりで頑張って超音波美容器との相乗効果で十キロ痩《や》せて、またベスト体重になる事ができた。

女性である限り美しさを保ち続けたいというのはもちろんだが、それ以上に大切なのは自分の健康は自分で守るという心構えだと思う。高齢化社会を迎え、病気と無縁に生きる事が何にも増して求められる世の中になるだろう。まさに「予防に優る治療はない」時代なのだ。

美容と健康の輪を広げ、安心できる本物を選び取ってもらうため、現在わたしは先ほどの超音波美容器の他、磁気活水装置や空気活性機、健康食品や健康ネックレス&ブレスレット、補正下着などのネットワークビジネスを始めた。一人でも多くの人に「幸せの笑顔」を届ける事ができれば、これほど嬉《うれ》しい事はない。

銀大の山下典子さんに教えていただいて、関山真生社長が講師をされているセミナーに参加してわたしの人生観がまた広がった。わたしは幼い頃、父がまだ周りに誰もテレビを持っていない時に給料を何カ月も貯めてテレビを買い、ご近所の方に見に来てもらっても、壊れては困るとわたしにいっさい触れさせず、中学になった頃、母は周りの友人がコンピューターゲームをしていても、不良になるからとわたしにはいっさいさせてくれなかった。おかげでわたしは大の「機械音痴」になってしまい、パソコンと聞くだけで「鳥肌が立つ」程に苦手と決めつけていた。そのわたしが関山社長のセミナーでパソコンに興味が出たのだ。両親は納豆が大嫌いでわたしも関西人なので食べた事がなく、まさしく「食べず嫌い」だったのが、東京に出て来て初めて食べたら、今では毎朝食卓に出る程好きになったのと同様に、「機械音痴」でパソコンに触らなかったわたしがインターネットに興味をもつとは思いもよらなかった。

関山社長によると情報化時代はインターネットによって必ず訪れるとのこと。そこでわたしの夢を実現させるキーワード「個人の可能性が世界を救う」を実践する為にインターネットビジネスも始めた。これからの仕事は「志事」である。このビジョンを実践する流通革命を掲げる山口孝榮社長のビジネスも加盟店として始めた。このようにビジネスに取り組むきっかけになったのも過去の感謝すべき経験に学んだものである。わたしは今まで全ての文書を手書きしていたが、パソコンを始めてからはビジネス文書はパソコンで、お礼状や詫《わ》び状や年賀状・冠婚葬祭には手書きの毛筆というように、ＴＰＯによって服装や言葉遣いを替えるのと同様に、文字にもＴＰＯで使い分けるようにしたのである。この事はわたしにとって大きな進歩であり、関山社長には感謝してもしきれない。

平成十四年には日韓共催のサッカー・ワールドカップが行なわれた。

世界各国より多くの人々が来日し、国際交流の面でも充実した一カ月であった。わたしも外国の方たちと一緒になって応援したおかげで新しい友人ができ、英語以外の言語にも興味を持ち始めた。たとえ少しでも構わない、彼らの母国語を使って会話してみたい。そう考え、七カ国語で話す事を目的とする語学サークル「ヒッポ・ファミリークラブ」に入会した。

いつか世界中の人々に書道の素晴らしさを広めて行けたらと思い、この本も英語でも出版したいと願っている。

わたしは若い頃に女優や歌手を目指して三年間アクターズスクールに通った事がある。今もハリウッドへの夢はある。日本で大ヒットした『失楽園』は『A LOST PARADISE』に訳されているが、この英語版の主人公「楷書の君」の美しい書道家の凜子をわたしが演じ、世の中に書道の素晴らしさ、心中するくらいまでの愛の深さを伝えたい。でも終わりは心中という悲しい結末ではなく、二人で遠い町へ行き幸せに暮らす結末になれば、世界中に本当の幸せと命の大切さを考えてもらえると思っている。

そしてわたしには、もう一つの夢がある。

いじめや教師の無理解などで学校に適応できず、不登校になってしまった子供たちが後を絶たないという。そんな小・中・高校生のための全寮制の学校を作りたいのだ。日本国内だけでなく、世界中に。そこにはお年寄りの身になった運営をする老人ホームと、働く女性の味方となる保育園も併設したい。

今、多くの少年少女たちが孤独に追い込まれ、病んだ生活を送っている。非行の低年齢化が叫ばれて久しい。それは日本だけでなく欧米でも同様だろう。我が国では近年、少年法改正法案も成立を見たが、それだけで非行の根本が変わるのかとわたしは言いたいのだ。

子供は大人の鏡である。自らの可能性を打ち捨てるような犯罪行為に走る少年少女たちは、大人が作ったこの社会の将来を悲観しているのではないか。自分を大切にし他者を尊重する事の意義を心から感じられる世の中にしなければ、本当の解決にはならないと思う。

世の中が経済発展にばかり目を向け、その尖兵《せんぺい》である企業戦士を養成する事に偏《かたよ》った情熱を注いだため、いびつな競争社会ができ上がった。これは「知育」偏重《へんちょう》の副作用である。群衆の中であえぐ子供たちはどこにも居場所を見つけられず、世間に対し牙《きば》を剝《む》くようになる。社会が「徳育」をないがしろにして来たツケが、今噴き出しているのだ。

徳育というのは、何も特別な事ではない。嘘《うそ》をつかない、礼儀を守る、人に優しくするといった、世の中で生きていく上での基本を教える事だ。これらを押さえないで、誰もがただ面白おかしく自分の好きな事をするというのでは、我々の社会は崩壊してしまう。

今からでも遅くない、将来を背負って立つ子供たちに徳育教育を施すべきだ。それを行なう場所として、わたしは夢の学園を創設したいのである。

わたしの夢、学園構想の青写真はこうだ。

不登校の子供たちを全寮制の学校に受け容《い》れる。もちろん一般教科もカリキュラムに組み入れるが、中でも書道を必須科目にするのである。生徒たちは畳に正座し、心を落ち着かせて墨を磨《す》り、筆を執《と》る。字の上手下手は問題にせず、自分自身と向き合う時間を持たせるのが目的だ。長時間の正座は辛《つら》いけれど、我慢して書く先には楽しみもある。それを体感して欲しい。

現場の指導は、わたしの趣旨に賛同してくれる若い先生と、リタイア後も教育への情熱に燃えるベテランとにお任せしたい。妙な特権意識の強いサラリーマン教師だけは願い下げだ。

心に傷を負った子供たちは、自分が世の中から必要とされていないと思いがちである。そんな彼らに、求められる場を与えてやりたい。併設された老人ホームや保育園に行かせ、異なる環境にいる他者との交流を持たせるのだ。と言っても、そこでは余計な事を考えさせず、ひたすら遊ばせるのみ。

幼い子供たちは「お兄ちゃん、お姉ちゃん」と擦り寄って来るだろう。お年寄りたちは、孫のような年齢の彼らに戦争の体験談を話してくれるかもしれない。核家族化で祖父母との同居は少なく、少子化で兄弟も少なくなってきた今、世代を超えた触れ合いというのが、一番求められているのではないか。そんな遊びを通じた交流の中で、自信を失っていた少年少女たちが、必要とされる喜びを知る事ができたら本望である。保育士や福祉の専門家を志す者も出てくるかもしれない。そうなれば、積極的に支援しよう。いじめも不登校も自分の可能性を試すチャンスだったと考えて、前向きに生きていって欲しい。

わたしの語る夢は楽天的すぎるだろうか。今は確かに、学園を建てる土地も資金もノウハウもない。だけどただ一つ、苦しみを抱えて引きこもってしまった子供たちの目を外に向けさせる自信だけは、ある。持ち前の明るさとバイタリティがわたしの身上だ。

いつだったか、相続税に頭を悩ませていたある資産家にこの企画を話したところ、興味を示してくれた。人の心を動かす事ができるアイデアなのかもしれない。もちろんまだまだ乗り越えるべきハードルは多い。わたし自身、もっと勉強し、内容を煮詰めなくては。それでもいつの日か必ず実現させてみせる。どれほどの時間がかかるか分からないけれど。

名前はもう決めている。

「四つ葉学園」だ。四つのハートとハートが寄せ集まってできた幸せの象徴である。十二年前、武庫川の堤で、もうすぐ生まれて来る子供の幸せを願って探した四つ葉のクローバー。夢の学園が世界各地に誕生するその時こそ、わたしの心の中に本物の四つ葉のクローバーが見つかるのだろう。

また、「四つ葉学園」建設と並び、少年院や刑務所へ行き、罪を犯してしまった人たちと、写経や好きな言葉に心を託して一緒に書いたり、「明日が好きやねん」を歌ったり、わたしの体験談を話したりの慰問をするというかたちで彼らの一日も早い社会復帰を応援したいとも願っている。

いろいろな事があったけれど、いつもわたしは生かされて来た。これまで出会ったたくさんの方々に改めてお礼を述べたいと思う。書道への道案内をしてくれた最初の先生、教える事の楽しさに気づかせてくれた中学校時代の担任の先生、そしてどん底にいた頃莫大《ばくだい》な借金を快く立て替えてくださった書道の井出先生、写経を勧めてくださったご住職の筑間先生は、わたしの人生における四人の恩師である。親友の晶子をはじめ、辛《つら》く苦しい時期に励ましてくれた大勢の友人知人にも、心からありがとうと言いたい。

そして、わたしを産んでくれた母にも。

空気や水と同じように、いつもあるのが当然で失ってみて初めてその大切さに気づくものがある。わたしにとっては、両親の存在がそれだったのかもしれない。あの頃は手かせ足かせだと思っていた苦労も試練も、ここに来てすべて生かされ自分の身になっていると感じる。何と言っても母が習わせてくれた書道が、今わたしのかけがえのない財産なのだから。

いつかは愛する伴侶《はんりょ》とともに、二人に会いに行きたい。わだかまりを捨てて楽しく語らえる日がきっと来るだろう。

倖田ミキとして生まれてきた事に、今は素直に感謝している。

あとがき

ミキの半生を書き上げた今、わたしは心地よい疲労感に包まれています。

倖田ミキはわたしの分身。これまで共に喜び、共に涙して来ました。彼女が摑《つか》んだ充実感も身を震わせた怒りも、すべてわたしの心の中にあります。絶望の暗闇に沈んでいた時に見えた一筋の光は、今も目の前にあってわたしの行く手を照らしてくれています。

明るい日、と書く「明日」。どんなに辛く寂しく、死にたいと思っている人にも明日は来ます。この世が続く限り、夜明けは必ず訪れるのです。

夢の学園実現を目指して、ミキは歩き始めました。わたしも負けていられない。明日が今日より素晴らしい日となる事を信じて、「明日が好きやねん」と前向きに生きて行きます。

ミキの二度の結婚生活は失敗に終わりましたが、作者のわたしは震災後に仲人さんの紹介で三度目の結婚をしました。離婚歴のある男性とは知っていたのですが、わたしとの結婚後も前妻と何度も密会している場面を目撃したのが原因で、およそ一カ月で別れました。三回の破局と四回目の挙式直前のキャンセル……ジュリア・ロバーツ主演のハリウッド映画『プリティ・ブライド』の筋書きと同じです。

自分の気持ちに正直に行動した結果を悔いてはいません。それでも、真の幸福を手に入れたいという願いは、張り詰めた毎日を過ごしている今でも変わらずに持っているのです。わたしの過去、そして将来の夢――すべてを理解し受け容《い》れてくれる人、感性の響き合う相手と、いつの日にか出会いたい。

『プリティ・ブライド』の結末のように、美しい高原の教会ですてきなヒーローと結婚式を挙げられる日を夢に見ています。それが本書の読者であるならば、これほど幸せな事はありません。


ある日、わたしは比叡山赤山禅院の池に突き出した能舞台のような部屋に座っていました。そしてわたしの前には御前様という方がおられました。この方は「比叡の鬼」として名高い生き仏様です。生き仏様がどれくらい偉いのかは知りませんでしたが、二十七歳の時に大納言になり、その後千日回峰行をされ生き仏になられたとの事。とにかく、テレビ番組で有名な水戸黄門様でさえ中納言なので、とても偉い方なのだと思うと緊張し、身体が震えたのを覚えています。そしてその御前様から、「人はまっすぐに、まっとうに生きなはれ」と告げられた言葉だけが、今も忘れられない大切な思い出となり、わたしの座右の銘にもなっています。

その御前様を紹介してくださったのは、作詞家・石坂まさを先生でした。そして、石坂先生との出会いも、不思議のひと言に尽きるのです。知人に先生の事務所に連れて行ってもらった時、先生はソファに寝そべり、ご不自由な片目をじっと凝らしてわたしを見つめ、こう言われました。「葉石さんは何をして、何に生きようとしているのですか」

わたしはいろいろな事をしていましたが、「書道家で、書道家として生きていきたい」と胸を張って答えてしまったのです。すると先生は、「それはいい事ですね。自分らしく生きる事が人生ですよ」と励ますようにおっしゃってから、「僕の今考えている事も聞いてくれますか」と優しく微笑《ほほえ》まれました。先生は、「心大楽」という会を、さまざまな分野の方々と設立されたところでした。

「こんな殺伐とした時代だからこそ、人と人とが心でしっかりと結びつくような、そして誰もが自分らしく生きられるような社会を目指し、残りの全人生を賭けて力を尽くしたいのです」

そんな先生の言葉に胸を熱くさせていたわたしに、更に先生はおっしゃいました。

「葉石さん、心大楽の『明日が好きやねん校』楽長になってくれませんか」

わたしは何も分からぬままに、ただ「はい、喜んで」と答えていました。すると先生は続けて、「『心大楽』とは文字通り、心を大きく楽しむ事によってすべての人が人生の繁栄を得られるよう力を合わせていこうと提唱する会です。どうです、あなたのその『明日が好きやねん』という想いを歌いませんか？」と、思いもかけない言葉をかけてくださるのです。

初めは尻込みしていましたが、素人のわたしのために先生は、作詞家には居酒屋チェーン研修センター長・平博氏を、二曲目の『やる気まんまん』のデュエット相手には「バスストップ」という歌で一世を風靡した歌手・平浩二さんを、と次から次へとアイデアを出され、事はあっという間に決まってしまいました。新たな夢への挑戦……。「よろしくお願いします」と、わたしは腹を決めて頭を下げました。こうして、不思議なご縁に導かれ、平成十四年十二月一日、わたしはとうとう歌手としてデビューを果たしてしまったのです。

そして、信頼し、尊敬する師・石坂先生に出会えた事で、わたしの夢は更に広がっていきました。書道家として生きたいというわたしの言葉を覚えていた先生は、「葉石ワールド」設立のアドバイスもくださったのです。「葉石ワールド」とは、着物に、それを着る方や贈る方の想いを託して好きな文字や言葉を書くことで世界にたった一点の着物を作り、着物文化を新たなかたちで人々に身近に感じていただき、更には世界に広げていこうというものであり、もともと着物が好きなわたしにはぴったりの仕事でした。

「何事も、お金、お金というこの時代、あなたの心に買われてわたしはわたしの心を売るのだから、ギャラなんかいらないよ」先生は、ご自分がかつて歌手・五木ひろしさんのために作詞された「べにばな」の中の一節を、使ってもいいとまで言ってくださいました。

わたしはその夜、まるで眠れぬ夜に「羊が一匹、羊が二匹……」と数えるように、「明日が好きやねん、明日が好きやねん……」と繰り返しつつ眠りに就きました。

波瀾万丈だったわたしの人生は、この「明日が好きやねん」という言葉に助けられてきました。そしてこれからの人生もきっとこの言葉に、そしてわたし自身が歌った「明日が好きやねん」の前向きな歌詞に導かれ進んでいく事でしょう。

今日の夜空も　明日には
今日の嵐も　明日には
きっと空には　太陽が
貴方とわたしを照らしてる
世界のみんなも照らしてる

Today's dark sky brings another tomorrow
Even after a storm brings another tomorrow
The sun in the sky,most surely
Will shine on you and I
Will shine on everyone from so high

夢をいっぱい咲かそうよ　Let's make our dreams come true
明日が好きやねん　I love tomorrow
明日が好きやねん　I love tomorrow
希望があるから　because of all our hope
明日が好きやねん　I love tomorrow

明日が好きやねん　I love tomorrow
明日が好きやねん　I love tomorrow
昇る朝日の　as the sun comes up
明日が好きやねん　I love tomorrow

八回目の阪神大震災記念の日に

葉石

✿お世話になった方々（五十音順・敬称略）

青木仁志（アチーブメント㈱代表取締役）
青山　愛（愛情カウンセルーム主催）
暁　玲華（神道家）
荒木大樹（東方書道院監事）
有栖川識仁（有栖川宮殿下）
伊賀則夫（藤井ギャラリー㈱代表）
石坂まさを（作詞家）
井出京葉（書道家で恩師）
岩田恒典（笹正宗酒造㈱社長）
印田知実（ユサナヘルスサイエンス・ゴールドディレクター）
叡南覚照（比叡山赤山禅院住職）
大木政春（㈱ビッグウッド社長）
大空夢湧子（通訳・翻訳家）
大場吉信（編曲者）
大林高士（国際東京プレス代表）
岡野厚子（カラットクラブ代表）
桶川忠司（㈱日本キャピタルヘッジ最高顧問）
小田ひかる（日本歌謡芸術協会理事長）
織部良一（㈱富士屋織部商事代表取締役）
陰　俊幸（㈱イー・カートン顧問）
金内きらら（エコクエスト・ジャパン㈱販売店）
金子宗重（やまと建設㈱代表取締役）
金子ひろ子（椿染めの夢工房代表）
金山義知（プロデュースジャパン代表）
勝田芳雄（㈱ピー・アイ・シー代表取締役）
河北隆子（人材育成講師）
川瀬　茂（元三越常務）
川田　豊（四谷シャッフル代表）
北原ミレィ（歌手）
旭　鷲　山（力士）
清田達了（ビューティ九官鳥代表）
桐島洋子（作家）
栗田ヨシ子（ベルアリエ㈲代理店グレース・ケリー代表）
児玉　進（東京ライターズバンク会長）
小池茂則（全国ブライダル連盟会長）
小林宗光（茶道恩師・台東区千手院にて）
小松盛美（日本経済新聞編集局次長）
肥沼靖夫（㈱ベルアリエ社長）
さいとう聖子（作曲家）
榊原茶々（ミセス・スピーカー代表）
榊原祐輔（銀座駅前大学広報部長）
榊原　陽（ヒッポファミリークラブ会長）
坂本晴美（㈱シティビジョン顧問）
作村聖一（美術新聞社編集室長）
佐藤義雄（フォーシスネットワークエンジニアリング㈱取締役）
柴田英機（スーパーマックスUSA社長）
渋谷悠一（㈱ジェイバース代表取締役）
菅谷信雄（㈲マーキュリー物産代表取締役）
関山真生（㈱ウェブアイ社長）

平　浩二（歌手）
平　博（居酒屋大庄チェーン研修センター長）
高田建司（ブレーンコンサルタント代表）
高橋英明（㈱大宗取締役）
高橋良典（日本学術探検協会会長）
立川理薫（華道恩師・墨田区法恩寺にて）
龍野愛利（銀座情報プラザ代表）
谷口智治（全国経営者団体連合会理事長）
田村浩一（ヨコオ総合サービス㈱代表取締役）
田村　尚（博報堂元取締役）
筑間洞石（書道家）
土屋公献（弁護士）
テディ小泉（精神世界チャンネル顧問）
寺田　昭（関西経友会理事長）
外山良夫（外山㈱社長）
外池美和子（元朝日生命成人病研究所）
中井日冠（GOA青年会代表）
中澤秀文（㈱中央構造設計代表取締役）
中條高德（アサヒビール名誉顧問）
長澤行善（㈱サンライズ貿易取締役）
長松定一（日本ペットシッター協会会長）
西谷初行（西谷工業㈱社長）
西原栄一（協和コンタクト代表取締役）
西脇韻石（文化書道学会会長）
服部　宏（ワイン＆チーズ研究家）
原村昌利（㈱エコロインターナショナル代表取締役）
平野多聞（写真家）
藤井敬三（月曜会会長）
藤井静男（東京都大島町長）
藤井智憲（映画監督）
細野　誠（書林出版㈱企画部）
増田貞雄（㈲アクト社長）
町田裕碩（木天蓼印会代表で篆刻恩師）
松尾　功（マイヤーエステナ㈱ツカサジャパン代表）
水谷時雄（㈱ズイット代表取締役）
光永　勇（全国勝手連連合会会長）
宮　光男（㈱マイヤー社長）
村岡俊彰（銀座駅前大学学長）
望月秀明（ライジングサン・セキュリティーサービス顧問）
山口孝榮（㈱ウインズインターナショナル社長）
山口由利子（ささ華林自然派ガーデンコテージ代表）
山下典子（エッセイスト）
山中通生（京都きものムロマチ社長）
山元雅信（山元学校代表）
彌吉和典（㈲内川産業顧問）
横谷民栄（ニューライフインターナショナルジャパン㈱代表）
龍源齋大峰（全日展書法会会長）
ロッキー田中（写真家）
脇谷タエ子（㈱アンナチュール代表取締役）
渡辺令子（㈱テクノ代表取締役）

書籍制作に際し、この他にもご協力頂きました多くの方々に厚く御礼申し上げます。

著者プロフィール

葉石（ようせき）

出 身 地：兵庫県西宮市。

主な仕事：書道家。和服に文字を書く「葉石ワールド」のオリジナルブランド設立。
マイヤーエステナ・ビューティマネージャー。
「心大楽」「銀座駅前大学」「月曜会」「全国経営者団体連合会」などで講演。
「明日が好きやねん」「やる気まんまん」を平成14年12月1日に心大楽レーベルより発売、歌手デビューを果たす。

書道展経歴：毎日展入選、全日展特選、公募文化展秀作ほか。

明日が好きやねん　ターくん お兄ちゃん 天国から愛と勇気をありがとう

2003年1月17日　初版第1刷発行

著　者　葉石

発行者　瓜谷 綱延

発行所　株式会社文芸社

〒160-0022 東京都新宿区新宿1－10－1

電話 03-5369-3060（編集）

03-5369-2299（販売）

振替 00190-8-728265

印刷所　株式会社ユニックス

ISBN4-8355-5036-6 C0093